UN SANDWICH
À GINZA

Titre original : *Sandwich wa ginza de*

Edition française publiée avec l'autorisation de Bungeishunju Ltd.,Tôkyô, par l'intermédiaire du Bureau des Copyrights Français, Tôkyô.

Mas de Vert
B.P. 20150
13631 Arles cedex
www.editions-picquier.com

Conception graphique : Picquier & Protière

Retouches des planches & onomatopées :
Martin Berberian - B.L.A.C.K Studio / www.blackstudio.fr

Achevé d'imprimer en Espagne
sur les presses de l'imprimerie Black Print

ISBN : 978-2-8097-1591-0
ISBN : 1251-6007
Mai 2022
Dépôt légal : mars 2022

Hiramatsu Yôko
Illustrations de Taniguchi Jirô

UN SANDWICH À GINZA

Traduit du japonais par Myriam Dartois-Ako

Éditions Picquier

À LA RECHERCHE DU PRINTEMPS

La morsure de l'eau s'est adoucie, ses éclaboussures désormais agréables sur la peau. La brise balaie le ciel, lumineuse.

Le printemps est arrivé.

Les prémices de cette saison s'accompagnent chez moi de l'envie irrépressible de préparer un certain plat : de la pétasite du Japon au miso. Pour tout dire, j'aimerais aller en cueillir les pousses joufflues qui émergent du sol encore enneigé, mais loin des montagnes, c'est un rêve irréalisable ; il ne me reste donc qu'à guetter leur apparition chez le primeur.

Ma recette est la même depuis des années. Je mets à mijoter à feu doux dans une casserole des pousses de pétasite grossièrement hachées avec du miso et un filet de *mirin* (du saké doux), de sauce soja et de saké de cuisine. Au bout d'un moment, un fumet voluptueux s'élève. Je plonge mes baguettes dans le plat encore brûlant, pressée d'y goûter.

Cette légère amertume, cette âpreté…

C'est la saveur du printemps. Les premiers signes de la saison vous ébranlent les papilles. Le printemps s'engouffre dans votre bouche, toutes digues rompues. Fleurs de colza, crosses de fougère, têtes-de-violon, jeunes pousses de lis plantain ou de prêle des champs… On a envie de croquer à belles dents toutes ces herbes sauvages, ces bourgeons verts gorgés de sève.

La saveur du printemps, c'est la joie du renouveau.

Keichitsu : regain (autour du 5 mars)

Plus qu'un tout petit effort ! A chacun de mes passages sous un cerisier, les yeux sur les bourgeons prêts à éclater, je leur adresse un encouragement muet. Davantage que les fleurs épanouies, c'est l'attente de la floraison, à guetter les boutons, le souffle retenu, qui me rend fébrile.

Les tempuras de saison sont un des autres plaisirs du printemps. C'est le moment ou jamais d'en manger ; l'impatience m'envahit.

Ces beignets retiennent les goûts et les parfums sans en perdre une miette et c'est ce qui fait leur délice. Parce que les saveurs printanières sont tout en discrétion. Si on n'y prend garde, l'amertume et l'âpreté s'évaporent en un clin d'œil. Il n'y a que les tempuras pour les embrasser d'un coup.

Lorsque j'ouvre d'un geste vif la porte du restaurant *Iwai* à Ginza 6-chôme, le patron, Iwai Yoshirô, sanglé dans sa tenue d'un blanc immaculé, est concentré sur la cuisson des tempuras. L'huile frétille dans un crépitement clair. Aussitôt, mon estomac crie famine.

La vue du ravier de légumes froids au bouillon qui m'est servi en préambule me transporte : crosses de fougère, pousses de lis, pousses de *momijigasa* et fleurs de colza.

C'est le printemps qui déboule dans mon assiette et m'invite à faire un festin. Sous la texture ferme, une tiède douceur. La saison s'installe en silence.

Le défilé de tempuras s'ouvre sur des crevettes, suivies de *shirauo*.

La chair fine de ces minuscules éperlans translucides frits craque d'abord sous la dent avant de laisser se déployer un soupçon d'amertume.

« Aujourd'hui, ils viennent du lac Shinji. Tout le mois de mars, je me fournis à Akô dans le Banshû ; après, ceux de Matsushima sont meilleurs », m'explique le patron.

Les zones d'approvisionnement évoluent avec le temps car les tempuras exaltent la saveur naturelle des aliments. Les meilleurs cuisiniers sont sensibles au passage des saisons.

« Tenez, des pousses d'angélique du Japon. »

Le bourgeon ovale, bien dodu, s'immobilise sur la feuille de papier absorbant. Je l'attrape sans attendre entre mes baguettes et le porte à mes lèvres. Le fais rouler sur ma langue pour éviter de me brûler, savourant la friture minute. D'un coup de dents, je vaincs la tendre résistance qu'il m'oppose et ses parfums montagnards se déploient sur mon palais.

Submergée par l'émotion, je ferme les yeux ; soudain, à mes côtés, un murmure s'élève : « Ça a toute la fraîcheur d'une première fois, n'est-ce pas ? »

Celui qui parasite ma dégustation avec cette formule censée le faire passer pour un connaisseur, c'est le jeune Y., fort de vingt et quelques années de labeur au sein de la maison d'édition Bungeishunju (le jeune Y. étant aujourd'hui père d'un enfant, je devrais plutôt dire l'ex-jeune Y., mais pour éviter les complications, nous nous en tiendrons à cette appellation contrôlée forgée par le mangaka et essayiste Shôji Sadao).

« Maintenant que je suis adulte, j'apprécie la saveur des pousses d'angélique, reprend-il. Ça me rappelle que cette année encore, le printemps est de retour, et que moi aussi, il faut que je m'active. »

Exactement. Plus on prend de l'âge et plus on a envie de joindre les mains devant le soleil quand reviennent les pousses d'angélique.

Un printemps de plus au compteur…

Les bourgeons qui pointent à l'extrémité des branches, sous leur armure de solides épines acérées, sont à la lettre une « première fois ». Cueillez-en un deuxième et la branche fanera, dit-on, car cet arbre est très sensible. Pour M. Iwai, originaire du département d'Iwate, l'angélique du Japon a toujours fait partie du paysage : « Un jour où nous avions grimpé dans la colline derrière le terrain de sport pour sécher l'entraînement de baseball, l'arbre contre lequel je me suis appuyé m'a piqué le dos. J'ai bondi de douleur. C'est un grand qui m'a appris que ces bourgeons étaient drôlement bons en tempura. »

Ils sont aujourd'hui pour lui un allié précieux qui annonce l'arrivée du printemps.

« Parmi les plantes sauvages, les meilleures en tempura sont celles qu'il faut faire blanchir si on veut les cuisiner autrement. La friture transfigure ce qu'elles ont d'âcre, d'amer et d'âpre, le transforme en saveurs délicates. »

Une douceur enrobée d'une pointe d'amertume s'installe sur votre langue, et l'angélique du Japon se pavane : « C'est bon, hein ? »

Pour continuer, des shiitakés. Du sillago. Des pousses de bambou.

Les pousses de bambou bien dorées sont frites à cœur. Tant pis si je me brûle, je plonge dans le sel la pointe du petit cône en forme de chapeau pointu et l'enfourne dans ma bouche.

Ça croque sous la dent.

IWAI, GINZA

FSCHH
FSCHUIII
UN VRAI PLAISIR !
ON CROIRAIT CROQUER LE PRINTEMPS.

Le craquement de la première bouchée me résonne aux oreilles. La vie nourrie loin sous terre durant tout l'hiver, lentement frite à l'huile, révèle ses saveurs avec une netteté incroyable.

Les tempuras, c'est vraiment un plat de luxe. Chaque produit sélectionné est patiemment frit par un professionnel. Qui met à votre service toutes ses sensations, visuelles, olfactives et tactiles, ainsi que son expérience. Tentez de l'imiter chez vous, vous serez loin du compte ! Savoir frire à point chaque aliment, à une infime ou une énorme différence près, relève du tour de force.

« Tenez, de l'oursin. »

Changement de perspective : voici de l'oursin enrobé d'algue *nori*. Sans hésiter, je croque, libérant le contenu brûlant et onctueux. Un goût puissant, velouté, enveloppé d'un nuage d'iode, déferle sur mon palais. C'est tellement bon qu'un instant, je ferme les yeux.

Le jeune Y., penché en avant, brise le silence.

« Ce ne serait pas… » murmure-t-il.

Vite, je jette un coup d'œil derrière le comptoir : dans le plat, une petite montagne vert tendre.

« Des pétasites du Japon ?! »

C'est le point d'orgue du repas ; les yeux rivés sur ses mains, je regarde M. Iwai immerger une pousse de pétasite dans la pâte à tempura en commentant, l'air tendu : « Pour celles-là, j'ai besoin d'être concentré. »

La pétasite enrobée de pâte atterrit dans l'huile de friture. Une, deux, trois secondes se sont écoulées quand il plonge ses baguettes dans la friteuse, saisit la pousse et se met à la secouer de haut en bas, toujours dans le bain d'huile. Instantanément, de fines bulles dorées remontent et l'huile se dilate dans un grésillement, pareille au cratère d'un volcan en éruption.

« Quand on secoue la pousse, le calice s'ouvre ; il faut le déployer pour le faire frire. Comme ça, il est cuit à cœur mais la pâte reste croustillante. »

Impossible de détacher le regard de ses mains.

« Voilà, des pousses de pétasite du Japon. Bon appétit. »

Un soupir d'aise m'échappe. On dirait un soleil. Les sépales triangulaires du calice, les bras grands ouverts, forment une ronde. Mais pourquoi limiter ce plaisir aux yeux ? Vite, quelques grains de sel et je croque fermement dans mon tempura…

Sur mon palais, un souffle de printemps. Cette bouchée, un concentré de saveurs légèrement amères, est renversante. La conversation s'est éteinte. Le jeune Y. a quasiment les larmes aux yeux : « Ce serait du gâchis de parler. Dès qu'on ouvre la bouche, les arômes s'enfuient. »

Comme pour nous porter le coup de grâce, des palourdes d'Aichi nous sont servies.

Le printemps gagne aussi la mer. Au fur et à mesure que l'eau se réchauffe, les coquillages grossissent. Les palourdes arrivées au terme de leur croissance, bien charnues, sont frites avec des légumes. Je trempe dans de la sauce soja pure le tempura à peine sorti de la friture, lourd en main, et mords dedans : la texture est ferme en bouche. Plus on mastique, plus les saveurs se développent. L'heure n'est décidément pas à la conversation.

Pour finir, virage à 180 degrés avec de la racine de lotus : on termine sur du croquant. Je me sens comme si j'avais écouté de tout mon corps la mélodie du printemps.

« J'aurais bien aimé vous servir également des pousses d'aralie du Japon, mais c'est un peu trop tôt. En avril, il y aura aussi le calmar à grandes nageoires dont le goût s'affirme de plus en plus. Et puis l'alevin de truite *ayu*, les fèves… »

Accueillons la saison nouvelle en la dégustant.

Shunbun : équinoxe de printemps (autour du 21 mars)

La brise printanière souffle. Malgré la douceur, les bourrasques se succèdent. Ce vent annonciateur du printemps, c'est celui qui, dit-on, à la mort du Bouddha, est venu l'emporter vers le paradis de la Terre pure.

Un rayon de soleil m'a entraînée jusqu'à Kamakura. J'ignore pourquoi, mais quand la lumière se fait plus éclatante, c'est là que me portent mes pas. Peut-être parce que, dans cette ville aux multiples temples, tout près de la mer étincelante, règne une atmosphère relaxante.

A la descente du train en gare de Kamakura, quelle surprise ! Nous avons beau être en semaine, la place de la gare est noire de monde.

« On a tous eu la même idée, dirait-on », remarque le jeune Y. en ouvrant de grands yeux ronds.

En avant toute ! Chacun espère goûter en avant-première aux saveurs printanières. Un bus nous amène jusqu'à notre objectif du jour.

Nous descendons à l'arrêt « Temple Kômyô-ji ». Le littoral de Zaimokuza est à portée de main. Il tire son nom (« la guilde du bois ») de la prospérité que lui a valu, dans les premières années du *bakufu*, au XIIe siècle, son statut de port où transitaient de grandes quantités de matériaux, à commencer par le bois de construction.

Dans la brise marine dansante, je franchis les portes du temple, surmontées du nom de la montagne à laquelle il s'adosse, Tenshôzan, superbement calligraphié ; sous le ciel bleu, quelques fleurs de cerisier sont épanouies ici et là.

Le Kômyô-ji a été fondé en 1243 par Ryôchû, le troisième père de l'école bouddhique Jôdo-shû dont c'était autrefois le temple principal dans la région du Kantô. Et si nous sommes aujourd'hui en ce lieu historique, c'est pour une raison précise.

Nous sommes venus manger de la cuisine bouddhique.

Un peu embarrassée par ma gourmandise invétérée, je me rappelle que les shôguns Tokugawa avaient consacré le temple Kômyô-ji à l'étude. Je vais pour ma part déguster de la cuisine bouddhique avec une réelle gratitude pour les bienfaits de la nature, en ce tout début de saison. Voilà dans quel état d'esprit élevé je franchis les portes du temple.

On nous conduit sans attendre dans la salle des lotus, avec vue sur l'étang couvert de fleurs. Le silence règne sur le paysage impeccable. Soudain, un chant mélodieux s'élève : « Hô-ho-ke-kyo ! »

C'est celui, si célèbre au Japon, de la bouscarle chanteuse. Ses trilles parfaitement maîtrisés sont enchanteurs.

« Ah, quel bonheur ! Le printemps à Kamakura, c'est vraiment autre chose », s'extasie le jeune Y. Assis sur ses talons dans une posture formelle – cela fait longtemps que cela ne lui est pas arrivé –, il se tient bien droit, face au plateau laqué posé devant lui.

« C'est la première fois que je fais exprès le déplacement pour manger de la cuisine bouddhique, reprend-il. En général, on ne se dit pas, en sortant du bureau,

“Tiens, et si ce soir on allait manger bouddhique?”, n’est-ce pas? »

Il est complètement à côté de la plaque. Nous ne sommes pas venus boire un coup sous les cerisiers en fleur en grignotant. Aurait-il oublié que nous avons fait le chemin jusqu’à Kamakura pour accueillir comme il se doit la saison à laquelle tout renaît? Je m’apprête à le lui rappeler lorsque la porte coulissante s’ouvre sans bruit.

« Bienvenue au temple. »

C’est un moine en habit de travail qui nous salue, assis bien droit dans un coin de la pièce.

« Nous allons réciter ensemble quelques mots de bénédiction avant de commencer le repas. »

Sur l’envers de l’étui à baguettes frappé de l’inscription *baguettes de l’exégète* figure la formule de bénédiction.

Nous joignons les mains.

Nous recevons cette nourriture
Dans le respect des bienfaits de la nature
Et avec gratitude pour le travail accompli.
Après dix incantations
Commençons le repas.

Les mains toujours jointes, nous nous inclinons profondément. Ensuite, les mets nous sont servis sur le plateau laqué.

Menu de l’exégète

Assiette plate: haricots noirs, confit de légumes du Kômyô-ji, gingembre *myôga* au vinaigre doux, fèves « à la jade ».

Assiette creuse: peau de tofu, taro, aubergine pelée, algues *hijiki* à la pâte de gluten, pois mange-tout.

Assiette plate: roulé de peau de tofu fraîche au concombre et garniture, fleurs de wasabi.

Assiette plate : tempuras bouddhiques (angélique du Japon, aubergine, potiron).

Coupelle : haricots verts au miso de sésame.

Petite coupelle : tofu au sésame (wasabi et sauce soja parfumée).

Bol à riz : riz aux légumes.

Soucoupe : trois légumes en saumure.

Bol à soupe : soupe de patates douces (patates douces, radis daikon, carottes, lamelles de tofu frit, bardane, poireau).

Tous les plats sont préparés avec le plus grand soin pour mettre en valeur les saveurs propres à chaque légume. L'éclat des sublimes haricots de soja noirs aux formes régulières laisse deviner qu'ils ont été longuement mis à tremper avant de mijoter à petit feu. Le rouge du gingembre *myôga* est vivifié par un filet de vinaigre doux et le vert des fèves conserve tout son éclat, comme le promet la préparation « à la jade ».

C'est Ueda Takashi, le chef du restaurant *Miyokawa* à Kamakura, qui prépare les repas du Kômyô-ji. Quand j'ai appris qu'il n'avait que vingt ans, je n'en suis pas revenue. A un si jeune âge, consacrer ses journées à la cuisine bouddhique n'est pas à la portée de tout le monde. Il montre une maîtrise parfaite de l'art du bouillon.

« Les algues *kombu* viennent de Hokkaidô et les shiitakés séchés de Kyûshû. Pour le bouillon, j'utilise une cinquantaine d'algues et environ quatre-vingt-dix champignons. En cuisine bouddhique, il est d'usage de préparer un bouillon goûteux, bien charpenté, qui sert ensuite pour tout un tas de plats, comme la soupe et les plats mijotés. »

Le bouillon est si savoureux qu'on ne s'en lasse pas. Le tofu au sésame, vedette de la cuisine bouddhique, fait lui aussi l'objet d'un soin particulier.

« Le sésame, grillé la veille, est pilé au mortier puis délayé avec un bouillon à la fécule de *kudzu* et à l'algue *kombu*. Ensuite, on le presse avant de le brasser sur le feu. Il faut bien mélanger, sinon des grumeaux se forment aussitôt que le tofu prend, c'est une opération délicate. Il m'est arrivé plus d'une fois de me brûler parce que la pâte, figée, était difficile à travailler. »

Griller, piler, brasser. La saveur du tofu au sésame, c'est l'essence de la cuisine bouddhique. Savourer les mets en songeant avec reconnaissance au temps et à l'effort nécessaires à leur préparation est une autre façon de goûter la nourriture, un rappel bienvenu.

Je savoure le thé et les petits gâteaux du Kômyô-ji, les yeux sur l'étang aux lotus de l'autre côté de la fenêtre. Les cerisiers vont bientôt fleurir, puis, dès les premiers jours de l'été, ce sera au tour des fleurs de lotus de déployer leurs grands pétales.

C'est alors que réapparaît le moine de tout à l'heure :

« Récitons ensemble la formule d'après le repas. »

Une nouvelle fois, nous joignons les mains.

Notre repas terminé, l'esprit et le corps comblés,
Nous reprenons nos activités
Et nous nous engageons à honorer ce don.
Récitons dix incantations
En remerciement pour ce repas.

Dans l'enceinte du temple, des chats font la sieste ici et là. Nous les dépassons en prenant garde à ne pas les réveiller pour gravir le sentier qui mène à la colline derrière le temple ; soudain, la vue se dégage. Le littoral de Zaimokuza s'étend sous nos yeux. Au loin, sur les flots calmes baignés par le soleil printanier, se dessine gaiement l'île d'Enoshima. C'est décidé : aujourd'hui, je vais rapporter des sablés en forme de pigeon de chez *Toshimaya*.

TEMPLE KÔMYÔ-JI, KAMAKURA
NOUS RECEVONS CETTE NOURRITURE
DANS LE RESPECT DES BIENFAITS DE LA NATURE
ET AVEC GRATITUDE POUR LE TRAVAIL ACCOMPLI.
COMMENÇONS LE REPAS
L'ESPRIT ET LE CORPS COMBLÉS
MIAOU

Seimei : floraison (autour du 5 avril)

Les cerisiers sont en fleur. Le soleil est plus vif, le ciel d'un bleu pur. L'arrivée prochaine des hirondelles me pousse à partir à la recherche de jeunes pousses et de plantes sauvages.

Chaque changement de saison rappelle à mon esprit un petit restaurant : le *Nanakusa* dans le quartier de Shimokitazawa, à Tokyo.

Au pied de l'escalier extérieur en bois qu'on descend d'un pas sonore luit une douce lumière orangée. Derrière les petites fenêtres règne une atmosphère paisible. Des légumes de saison vous accueillent d'un signe de la main. Préparés par la chef et propriétaire Maezawa Rika, ils sont doux au palais, apaisants, avec leurs saveurs franches.

En ce moment, quels légumes, quels goûts m'attendent chez Nanakusa ?

Cette question qui vous turlupine, c'est la force de ce restaurant.

D'emblée, l'excitation est à son comble. Le premier plat servi est toujours un velouté. Je soulève le couvercle du bol laqué qui révèle un blanc crémeux. De quel légume s'agit-il aujourd'hui ?

1. Velouté aux oignons nouveaux.

Quelle surprise ! Les veloutés de pommes de terre, de carottes ou de navets sont des habitués de la carte de *Nanakusa*, mais des oignons nouveaux… Je porte le bol à mes lèvres, la texture est onctueuse en bouche. La saveur légèrement sucrée de l'oignon de printemps se répand dans mon organisme. Le piquant du poivre grossièrement moulu en fait ressortir la douceur.

« Encore un goût que je ne connaissais pas. Eh bien, après les tempuras et la cuisine bouddhique, je vais de surprise en surprise. » Le jeune Y., attablé vis-à-vis de moi ce soir encore, affiche déjà son admiration. C'est un plaisir de le voir toujours exprimer sans fard son étonnement et son enthousiasme. Il reprend :

« J'aime bien les herbes sauvages, mais quand on a goûté ainsi aux légumes de printemps, on voit bien qu'eux aussi sont particuliers, n'est-ce pas ? »

Minute papillon ! Ce n'est que le début, *Nanakusa* va vous en mettre plein la vue.

2. Salade au sésame vinaigré : aralie du Japon, pousses de lis plantain, aster *yomena*, lichen de roche.

Le croquant de l'aralie, le moelleux du lis et la rugosité de l'aster : les diverses textures se marient agréablement, liées par le sésame et le vinaigre, attirant irrésistiblement les baguettes à elles.

3. Cubes de tofu en friture au miso blanc, pétasite du Japon et moutarde *karashi*.

NANAKUSA, SHIMOKITAZAWA

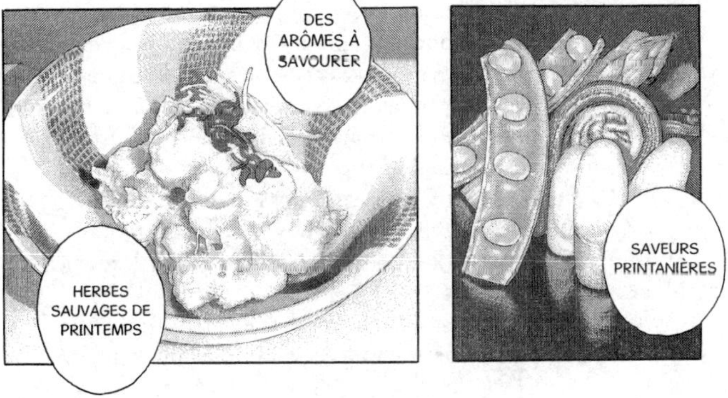

Quelle mise en scène parfaite ! L'association rustique du miso blanc et de la pétasite, voilà un moyen inégalé de capturer le printemps. Un arôme sauvage, généreux, se faufile dans mes narines.

4. Légumes froids au bouillon : pois gourmand, asperge, tête-de-violon, feuilles de colza.

Le pois gourmand craque sous la dent, l'asperge est croquante, la tête-de-violon bien ferme et les feuilles de colza fondantes. Encore un plat plein d'esprit, avec des légumes aux textures et aux saveurs différentes, rassemblés sous la bannière d'un même bouillon.

5. Salade : fleurs de wasabi, graines de sarrasin, algues *nori*.

Se nourrir de fleurs est un des plaisirs du printemps. Le piquant des fleurs de wasabi aiguillonne les papilles, réconfortées par la douceur des graines de sarrasin. Une attaque corsée qui tombe à pic, au cœur de l'ivresse provoquée par les succulents légumes et le saké.

« Quelles variations rien qu'avec des légumes ! Non seulement on ne s'en lasse pas, mais ça donnerait même le tournis. Je suis conquis », commente le jeune Y.

J'en tirerais presque fierté. L'art de Mme Maezawa dépasse tous les sommets, grâce au printemps, peut-être ? Elle colle à la saison, sélectionne ses produits avec rigueur et les cuisine avec une précision exquise. Du coup, au milieu des fluctuations saisonnières, l'instant s'impose dans toute sa splendeur.

Le *hassun*, point d'orgue du repas, nous est servi.

6. *Hassun* : omelette japonaise, pétasite mijotée, calmar luciole en bouillon, radis daikon enrobé de yuzu, crosses de fougère.

Un autre plat tout en modestie, mais qui livre une large palette de textures : tendreté et moelleux de l'omelette japonaise, croquant de la pétasite, craquant du daikon séché enrobé de yuzu et fermeté de la crosse de fougère. Impossible de résister à une coupe de saké supplémentaire.

7. Mets frit : friture de fèves à la sauce épaisse au gingembre, émincé d'aralie et pousses de renouée persicaire.

Les premières fèves de la saison, frites. Pourquoi la joie de renouer avec un produit grandit-elle avec l'âge ? Peut-être parce que tout en savourant leur chaude chair tendre, l'idée qu'une année déjà s'est écoulée nous pousse à faire le bilan de notre vie, passée et future.

L'heure est enfin venue de goûter à la vraie force de chez *Nanakusa*.

8. Plat mijoté : travers de porc aux graines de soja, sauce miso.

Un bon plat roboratif, qui en impose. Le travers de porc, de la taille d'un poing d'enfant, trône dans l'assiette. A côté de la viande moelleuse aux reflets profonds, de tendres graines de soja montent la garde. Bien entendu, le jeune Y. est tout sourire :

« Pour tout vous dire, je me demandais si on allait nous servir de la viande, je me disais, quand même, on n'est pas venus manger de la cuisine bouddhique. Quelle bonne surprise ! »

On le sait bien, chez *Nanakusa*. Tout est prévu.

Pour clore le repas, un bol de riz au poivre du Sichuan. Une saveur rafraîchissante me balaie le palais.

Dans sa cuisine, Mme Maezawa goûte le printemps de ses cinq sens : « Les légumes d'hiver, qui sortent de terre, doivent être épluchés avant de les consommer. Ceux de printemps, eux, sont souvent enveloppés d'une gangue qui leur permet de résister au froid. Les pousses de bambou, les fèves, les petits pois et la pétasite ont une cosse ou une protection. Quand on les cuisine, on a l'impression de réveiller des produits endormis, de leur dire "Bonjour, c'est le matin !" »

Les légumes de printemps ont aussi la particularité de surprendre, nous dit-elle : « Quand on fait tremper des pois gourmands ou des asperges, ils dégagent une saveur sucrée. C'est même étonnant de voir à quel point ils parfument l'eau. Pour bien garder les arômes printaniers, j'évite de les blanchir ou de les faire tremper trop longtemps. »

Le corps humain est vraiment bien fait. Certains goûts qui nous laissent de marbre par temps froid suscitent en nous des envies irrépressibles aux premiers redoux. L'âpreté et l'amertume des jeunes pousses et des herbes sauvages chassent de notre organisme les toxines accumulées durant l'hiver. C'est sûrement pourquoi le corps les recherche.

Regain, équinoxe de printemps, floraison et enfin pluies printanières se relaient, signes des progrès de la saison. Puis les premiers jours d'été arrivent. Savourez légumes nouveaux et herbes sauvages, avancez au rythme du printemps et vous apercevrez une lumière, aussi faible soit-elle, au bout du tunnel.

Voilà, le printemps est désormais bien installé.

Un jour à Shinbashi
(*bôshu* : moisson – autour du 5 juin, 24,5 °C)

Salade de tomates. Tofu en tranches frit. Concombres au miso.

Voilà, semble-t-il, le top 3 quotidien des hors-d'œuvre plébiscités par les travailleurs de Shinbashi. Chez *Tachinomi Gin*, au premier sous-sol du Shinbashi Ekimae Bldg 1, un bar où l'on boit debout, c'est déjà plein à craquer en cette fin d'après-midi. Sur le comptoir, des raviers en libre-service, tout à 300 yens. A déguster, bien entendu, avec une chope de bière pression à 380 yens.

Glou glou glou, ahhhh !

Ici et là, des soupirs de contentement. Cet immeuble au charme désuet des années 1960, avec ses innombrables bars et gargotes au rez-de-chaussée et en sous-sol, est le rendez-vous des *salarymen. Tampopo, Ofukuro, Sakeke, Kanzashi, Sakurako*… chaque établissement vous attire dans ses filets. Sur le panneau d'information à l'entrée de l'immeuble, ces lignes qui vont droit au cœur : *Laissez-vous prendre au jeu et vous n'en reviendrez pas… Ici, c'est la république du bien-vivre !*

Il fait chaud, une bière ! Après une journée de boulot, une bière. Sans rien de spécial, pour commencer, une bière. Les lieux bruissent de tous ces alibis. Ici, au diable les conversations pénibles.

« Ça, c'est bien vrai. »

« J'en étais sûr… »

« Tu vois ? »

A Shinbashi, l'important n'est pas ce dont on parle, mais la façon dont on en parle, avec trois phrases qui tiennent lieu de réponse et de relance. Desserrez votre cravate et ouvrez le col de votre chemise, buvez et riez – l'addition n'atteindra même pas 1000 yens. Tous les soirs, Shinbashi, c'est le paradis sur Terre. Ça fait tellement envie qu'à mon tour, je commande une bière sans me poser de questions.

Un jour à Jimbôchô (forte chaleur, 26 °C)

En haut des escaliers de la station de métro Jimbocho, au carrefour de l'avenue Yasukuni, un soleil d'été m'accueille. Je lui souris. Quelle belle après-midi ! Je vais aller voir un vieux film dans une salle d'art et d'essai, et après…

J'avais un livre à chercher dans les librairies d'occasion du quartier. Autant faire d'une pierre deux coups, j'ai consulté le programme de mon petit cinéma favori : aujourd'hui, *Printemps tardif* d'Ozu Yasujirô. Un film de 1949, l'un des volets de la trilogie *Noriko*. Avec, bien entendu, Hara Setsuko dans le rôle de la fille et Ryû Chishû dans celui du père.

Pour un peu, je me mettrais à parler comme elle :

« Eh bien, à votre avis, lequel aurait ma préférence ? » « Et du *takuwan* mal coupé, vous n'avez rien contre ? »

En attendant mes *gyôza*, je meurs d'envie de dire cette réplique. A la sortie du cinéma, comme aimantée, j'ai filé tout droit chez *Tenkô-gyôzabô*. C'est l'un des restaurants où je cours quand me prend une fringale de raviolis japonais frits, accompagnés bien sûr d'une bonne bière.

Dans la vie, il y a des accords parfaits. Pas des mariages, cela ferait trop affecté. Entre tous, et sans l'ombre d'un doute, voici l'accord champion : *gyôza* et bière pression.

Le restaurant *Tenkô-gyôzabô* de Nishiki trouve ses origines dans un établissement nommé *Kanda-gyôzaya*, fondé en 1953. Dès le départ, les *gyôza* sont le clou de la carte. Les petits *ganso gyôza* à la mode d'autrefois sont un plaisir, mais ceux au porc noir, les *kurobuta gyôza,* juteux à souhait, sont un véritable délice. Avec moins de chou mais plus de ciboule de Chine, la saveur puissante du porc noir irradie ces raviolis joufflus. Quand on mord dans un appétissant *gyôza* tout doré, la pâte bien élastique résiste sous la dent. Le premier avalé, je bois une longue gorgée de bière. Les larmes aux yeux, je lève la tête vers la télévision dans un coin de la salle ; à l'écran, une émission de divertissement du début d'après-midi. Qu'est-ce qu'on se sent bien…

Des *gyôza*, une bière et la télé.

Un trio de rêve qui donne l'impression d'être au paradis. A ce propos, *Printemps tardif* est le premier film tourné par Ozu Yasujirô avec Hara Setsuko, qui jouera en tout dans six de ses œuvres, jusqu'en 1961. Une rencontre qui révélera la grâce de l'actrice. Un accord parfait, un peu comme les *gyôza* et la bière devant moi. Attention, entendons-nous bien, je ne suis pas en train de comparer Hara Setsuko à des *gyôza* !

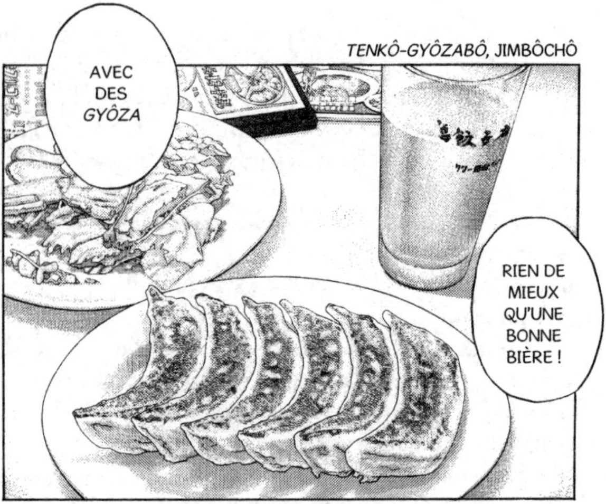

Le plat de six gros croissants de lune serrés les uns contre les autres est déjà vide. C'est ma chope de bière qui me les a fait avaler à cette vitesse. Rien ne résiste à l'accord entre l'or croustillant et la bière. Mais il existe un autre mets qui vous fait succomber à la puissance sans pareil de la friture dorée : la délicieuse côtelette panée *kamikatsu* de chez *New Tokyo Sukiyabashi*.

Un *kamikatsu* et une pression : voilà encore un duo idéal. Le *kamikatsu* s'appelle ainsi parce qu'il est fin comme du papier (*kami*), mais alors, quelle taille ! Plus imposante que sa cousine de Chichibu baptisée *waraji* (sandale), la côtelette dorée fait, à vue de nez, la taille d'une feuille A4 ; elle déborde presque de l'assiette sur laquelle elle brille de mille feux. Le pire, c'est qu'avec une bière, on l'avale en un clin d'œil – une gorgée, une bouchée, et on remet ça : encore une gorgée, et encore une bouchée.

Filets de chinchard panés, croquettes panées à la viande hachée ou à la purée, *gyôza*... avec eux, la bière est si bonne ; est-ce bien raisonnable ? Ce mariage interdit vous donne des frissons.

« Au revoir ! »

Escortée par la voix enjouée d'une jeune serveuse à l'accent chinois, je sors du restaurant pour retrouver un soleil presque estival. Un peu éméchée, je sillonne Jimbôchô, de librairie d'occasion en librairie d'occasion. Aujourd'hui, je vais sûrement trouver mon bonheur.

Un jour à Roppongi (bourrasques printanières, 25 °C)

Sur les rayonnages derrière le comptoir trônent de lourds verres, comme des verres à vin géants. A côté, des bocks tout en hauteur, sans pied, pareils à des chopes épaisses ; il n'y en a pas deux pareils. Toute une gamme de verres à bière. J'hésite un peu, impressionnée.

J'ai entendu dire que la bière belge était de plus en plus appréciée ; me voici donc à Roppongi, où je n'ai pas mis les pieds depuis une éternité, histoire d'en savoir un peu plus – il est temps de m'éduquer. On trouve depuis une vingtaine d'années des bières trappistes importées, comme la Chimay, à laquelle j'ai déjà goûté. Ce breuvage au goût complexe, dégusté à petites gorgées dans un verre en forme de calice, n'avait rien de commun avec les lager japonaises aux saveurs simples.

Il y a tout un tas de bières à fermentation spontanée, aromatisées aux fruits ou aux épices, dont je n'ai jamais entendu parler. Beaucoup sont fortes, dans les 10 % d'alcool, voire très fortes – plus de 20 %. Une profusion et une complexité qui rappellent l'univers du vin.

En comparaison, la lager japonaise est d'un seul tenant, sans détours. Mais la bière belge, plus retorse, vous attire dans ses filets. Et on s'y laisse prendre, paraît-il.

C'est pour en avoir le cœur net que je suis ici, à *Belg Aube*, un bar de Roppongi spécialisé dans les bières belges. *Belg Aube* signifie « aube belge ». Je suis venue, bien décidée à en découdre, mais me voilà terrassée d'entrée de jeu par la variété des verres et l'ampleur de la carte.

« Pour commencer, je voudrais goûter à votre meilleure bière. »

Mauvais départ. Le patron, Sugawara Ryôhei, ne me rate pas : « Quel type de bière aimez-vous ? » Evidemment. Demander une chope « pour commencer » face au vaste continent qu'est la bière belge, c'est porter un coup d'épée dans l'eau. Mais M. Sugawara, qui va s'approvisionner en personne chez les brasseurs belges, est un guide aguerri.

« Alors, que diriez-vous de commencer par un éléphant rose ? Une Delirium Tremens. Elle est légère en bouche, facile à boire, mais avec plus de neuf degrés d'alcool, on se retrouve vite à voir danser des éléphants roses… »

Je me laisse tenter. C'est parti pour une promenade dans les airs sur le dos d'un éléphant rose.

M. Sugawara verse le liquide lentement, avec délicatesse. La bouteille à une dizaine de centimètres du verre, il le remplit petit à petit en produisant une mousse crémeuse et dense, dont il ôte ensuite la couche supérieure.

« Sentez-la avant d'y goûter. Buvez-la lentement, en appréciant les arômes et les saveurs en bouche, c'est comme ça qu'on déguste la bière belge. »

Voilà donc pourquoi le verre se referme comme une tulipe, pour emprisonner les arômes. J'approche mon nez et un bouquet doux, à la légère amertume,

BELG AUBE, ROPPONGI
LA BIÈRE ET LE VIN SE DÉGUSTENT DE LA MÊME FAÇON.
ON EN APPRÉCIE L'ARÔME,
GLOU
ET LES SA-VEURS.

me chatouille les narines. Cela m'évoque la nature, une balade dans une prairie. Je le porte lentement à mes lèvres… le goût est agréable, souligné par une note d'ananas. Facile à boire, mais avec des saveurs délicates qui s'attardent en bouche.

« Il reste au fond de la bouteille environ deux centimètres de liquide, la partie forte en levure. Versez-la dans votre verre, cela va en changer le goût. »

Je m'exécute, guère convaincue, mais quelle surprise ! Les saveurs se corsent, se font plus charpentées. C'est donc ça, l'univers insondable de la bière belge ?

Je pourrais presque esquisser quelques pas de danse avec l'éléphant rose. Mais je reprends mes esprits avec une XX-Bitter. Elle est corsée, un peu amère, mais très délicate. Derrière les épices et l'âpreté se déploie la richesse du houblon aromatique. Je ne suis pas encore remise de ma surprise quand le coup de grâce m'est assené :

« On dit qu'il faut vite consommer la bière, mais les bières belges se gardent dix ans, voire vingt. Presque toutes continuent à fermenter une fois mises en bouteille, comme le vin et le champagne. »

Ici, on trouve une gamme de cinquante bières en fût, une petite centaine en comptant les bouteilles, le tout acheté directement en Belgique. Pour ma part, je suis égarée dans la profonde forêt belge.

« … Je reviendrai tenter ma chance. »

Un jour à Ginza (hortensias en fleur, 24,5 °C)

La journée a été chaude, encore une fois. Lorsque les fleurs d'hortensia commencent à se teinter de bleu et de violet, le soleil chauffe plus fort tout en laissant deviner l'imminence de la saison des pluies. Une question m'obnubile alors :

Les biergarten ont-ils ouvert leurs portes ?

Quoi de plus exquis que de boire une bière en plein air, bercée par la brise du soir ? L'été procure certains plaisirs, mais l'approche de la saison des pluies s'accompagne de cette joie anticipée.

Voilà donc comment nous nous retrouvons à quatre filles au *Bakuyôtei*, le biergarten qui occupe le toit-terrasse des grands magasins Matsuzakaya à Ginza. Arrivées là-haut en poussant le bouton « R » de l'ascenseur, c'est d'abord la boutique d'aquariophilie qui nous accueille. Rien n'a changé depuis mon enfance ! L'atmosphère désuète des années 1960 est restée intacte. Nous gagnons la terrasse, et là, partout des chaises de jardin et des tables rondes ; il est à peine dix-neuf heures mais déjà la fête bat son plein. Chacun – jeunes et moins jeunes, hommes et femmes – tient à la main une chope de bière. Les lampions jaunes qui se balancent au vent, les enceintes qui diffusent des chansons du groupe Glay, le fumet d'agneau grillé des plats de *jingisukan*...

« Quatre pressions, s'il vous plaît ! Et des grillades d'agneau. »

Le serveur revient au trot, se faufilant entre les tables, et nous sert les bières. Sans attendre, nous nous emparons des chopes pour trinquer : « *Kanpai !* »

Ahhh ! Un soupir d'aise nous échappe après le silence de la première gorgée. Ça fait du bien. Toutes les quatre, un instant, nous contemplons le ciel.

Yû regarde autour d'elle et remarque à voix basse :

« Dites donc, il y a surtout des hommes. Et de tous les âges, en plus. »

Des tablées de cinq ou six personnes, composées de jeunes gens et d'hommes d'âge mûr avec une femme ici ou là : c'est la formation de base au biergarten, dirait-on. On tombe la veste, on desserre son nœud de cravate et, un tablier en papier autour du cou, on partage dans la bonne humeur un plat d'agneau grillé sous le ciel étoilé.

« On se croirait à la campagne, d'un coup ! »

Qui eût cru qu'en plein Ginza, à quelques dizaines de secondes en ascenseur, existait un tel lieu d'évasion ?

De la fumée s'élève de la planche à griller, comme pour noyer la mélancolie du quotidien. Tentée par la bonne odeur d'agneau, j'attrape un morceau de viande avec mes baguettes ; elle est bien juteuse.

« Qu'est-ce que c'est bon, l'agneau ! »

« Les pousses de soja aussi. Elles aspirent tous les jus de cuisson, c'est extraordinaire ! »

Les pousses de soja viennent de gagner leurs lettres de noblesse, on se les arrache. Quand nous commandons notre deuxième bière, les haut-parleurs diffusent un pot-pourri des chansons de la « Komuro family », ces artistes autrefois réunis autour du producteur Komuro Tetsuya. Des morceaux qu'on écoute désormais avec une nostalgie grandissante. On remonte de plus en plus dans le temps. Cette césure, c'est ça la vraie magie du biergarten. Ici, au firmament, on échappe au tohu-bohu d'en bas.

Un jour à Naka-meguro (prémices de la saison des pluies, 24 °C)

Tout près du port de Numazu (Shizuoka) se trouve la petite brasserie Baird, qui fabrique d'excellentes bières. Les propriétaires sont un Américain, Bryan Baird, et sa femme Sayuri. Bryan, qui a étudié dans une école spécialisée aux Etats-Unis, fabrique des bières de garde non filtrées. Sa brasserie, devenue incontournable depuis sa création en 2000 à Numazu, reçoit aujourd'hui des commandes de tout le Japon… Quand j'en ai parlé au jeune Y. et à son collègue nouvellement embauché, le jeune H., ils ont sauté sur l'occasion.

« Cette bière, on veut y goûter tout de suite ! »

Qu'à cela ne tienne ! Justement, la brasserie a ouvert une boutique à Tokyo, dans le quartier de Naka-meguro.

En plus de la classique lager et de sept sortes d'ale, il y a toute une gamme de bières aromatisées de saison, en série limitée. On peut y goûter dans de petits verres de dégustation. Pour commencer, je choisis la Saison Sayuri, légère, aux arômes d'agrumes, tandis que le jeune Y. opte pour une Rising Sun Pale Ale corsée et le jeune H. pour une Angry Boy Brown Ale à l'attaque amère. Chacune possède sa propre saveur, mais toutes ont en commun les arômes naturels et frais du houblon. La bière Baird a la particularité d'être fabriquée sans ajout de dioxyde de carbone, en recourant uniquement à la fermentation naturelle. Le houblon frais qu'on mélange d'abord au malt bouilli, avant d'en rajouter pendant la fermentation, lui confère une saveur riche, introuvable ailleurs.

« Oh là là, c'est drôlement bon ! » s'écrient à l'unisson les deux garçons, émerveillés. La fraîcheur de la bière pression livrée directement depuis la brasserie est admirable. Nous vidons nos verres en un clin d'œil, avant de commander une European Summer Ale, une Kurofune Porter et une Morning Coffee Stout.

« Moi qui croyais que la bière, c'était de la lager ou rien, j'ignorais tout de ces saveurs. Quel choc! » s'écrie l'un de mes deux compagnons.

Exactement, c'est précisément ça le problème.

Un jour à Roppongi (l'herbe à poivre prolifère, 26,5 °C)

Vingt et une heures trente, le week-end. Nous sommes de retour chez *Belg Aube*, à trois cette fois-ci. Bien déterminés à débroussailler l'univers brassicole à coups de bière belge.

C'est une Troublette à la jolie couleur blanche un peu trouble qui m'est proposée pour inaugurer cette deuxième tentative. L'escargot sur l'étiquette m'invite à la savourer à mon rythme, sans me presser.

« La seule bière belge que j'aie jamais bue, c'est une bière blanche, une Hoegaarden », annonce le jeune H., nouvellement embauché mais grand buveur, installé à côté du jeune Y. qui, peu porté sur la bouteille, sirote son verre à petites gorgées. « Prendre autant de temps à déguster une chope, c'est nouveau pour moi. »

Du haut de ses vingt-quatre ans, il savoure lentement son verre fermement calé au creux de sa main pour en réchauffer le contenu, comme un pro. En effet, l'ale belge dévoile ses arômes et ses saveurs à la chaleur. C'est une bière au potentiel infini, à déguster en la faisant évoluer soi-même vers le goût qu'on préfère. Derrière le comptoir, M. Sugawara acquiesce.

« En gros, c'est un peu comme les Morning Musume, dit-il en riant. Que des idoles de second rang au lieu d'une vraie star admirée de tous, mais il suffit d'en aimer une pour apprécier tout le groupe. »

Les modèles de verres, eux aussi, varient à l'infini. Chacun incarne la volonté du brasseur de faire boire sa bière dans les meilleures conditions : ils retiennent les arômes et la mousse de façon à savourer librement le breuvage. Transmettre ce message du brasseur, voilà notre travail, nous explique M. Sugawara avec conviction.

Ce soir, nous finissons sur une St. Bernardus Tripel. Ses arômes fruités qui viennent vous chatouiller les narines et son attaque épicée qui vous remue les papilles sont agréables, sans arrière-goût. Avec huit degrés d'alcool, elle est forte.

« Je suis en train de me dire… lance le jeune Y. avec ce sourire en coin qui, en général, ne présage rien de bon. Même à 1000 yens la bouteille, avec huit degrés d'alcool, si on la déguste lentement, ça revient à deux bières normales, non ? Vu sous cet angle, le rapport qualité-prix est imbattable. »

Une bière au grand cœur, généreuse, apaisante. Je suis bien incapable de reconnaître la moindre Morning Musume, mais entre la bière belge et moi, c'est le début d'une longue histoire.

Un jour à Shinbashi (pleine floraison des gardénias, 24,5 °C)

Les grandes brasseries sont le joyau des centres-villes. Quel plaisir quand on s'y précipite, poussé par l'envie de boire une bonne bière ! Les serveurs professionnels qui remplissent votre verre avec un art consommé vous régalent du spectacle et du breuvage. Le plaisir particulier qu'on prend à boire une bière dans une grande brasserie est unique.

C'est dans l'un de ces établissements que j'ai découvert cette joie. La brasserie *Nada Colombia*, autrefois installée dans le quartier de Yaesu à Tokyo, avait pour patron l'un des plus brillants serveurs de bière, le défunt Arai Tokuji. La saveur des bières qu'il tirait avec une science acquise au fil de recherches personnelles incessantes depuis l'ouverture en 1949, envoûtait littéralement la clientèle. Vraiment, c'était un bonheur inoubliable une fois qu'on y avait goûté. La bière, fraîche en bouche tout en restant moelleuse, se buvait comme du petit-lait. On touchait vraiment à l'essence de ce breuvage. Hélas, le *Nada Colombia*, fermé après la disparition soudaine de M. Arai en 1993, n'est plus aujourd'hui qu'une légende.

A vrai dire, il existe à Shinbashi une brasserie qui perpétue ces saveurs parfaites. C'est le *Beer Reise '98*, dirigé par l'unique disciple formé par M. Arai, Matsuo Kôhei, qui a précieusement conservé l'ancienne tireuse à refroidissement utilisée par son maître. Il continue de servir les meilleures bières qui soient.

Il n'y a pas à dire, on pourrait en boire jusqu'à plus soif. Chez *Beer Reise '98*, on utilise des fûts de Asahi ; chaque fois que je bois une bière tirée par M. Matsuo, je n'en reviens pas. Quand je reprends mes esprits, mon verre est vide, c'est une « bière qui fait boire ». Et en plus, sans ballonnements ni lourdeur d'estomac.

« Chez moi, les clients vident facilement une dizaine de chopes, assure M. Matsuo. On dit souvent qu'on va commencer par une bière, n'est-ce pas ? Ce qui signifie qu'après le premier verre, on en a assez, on n'a pas envie d'un deuxième. Si on arrive à en boire deux, voire trois sans problème, cela prouve que la bière s'y prête. »

Tirer une bière qui s'y prête… c'est tout son art. Et il n'hésite pas à l'affirmer. Petit florilège :

BEER REISE '98, SHINBASHI

« Les brasseurs sont les géniteurs de la bière. Une bière en fût, c'est comme un bébé. C'est au serveur de faire ressortir ses bons côtés, de l'éduquer pour en faire une belle jeune femme. Si on s'y prend mal, on n'obtiendra qu'une greluche (rires). »

« Puisqu'il s'agit d'un liquide qui contient du dioxyde de carbone, il faut savoir contrôler ce gaz carbonique, en retenir juste la bonne quantité pour obtenir un breuvage goûteux, mais qui ne reste pas sur l'estomac. »

« La mousse sépare le liquide et l'amertume. C'est pour cela que quand on boit une bière directement à la cannette, ce n'est pas bon. La mousse, c'est important. Quand on fait mousser juste comme il faut, elle se détache du liquide et on peut disperser une partie du gaz carbonique. »

Entre les mains de M. Matsuo, la bière prend vie. Elle ne prend pas seulement vie, elle se transforme en une véritable *my fair lady*, éduquée avec un soin inimaginable.

Mais l'une des particularités de sa saveur, c'est l'arôme du houblon. Son amertume, élevée au rang de plaisir, est habilement mise à profit pour faire ressortir la douceur de l'orge. Là encore, tout l'art du serveur intervient.

« En tirant la bière en deux fois, on assouplit l'amertume pour la rendre moelleuse, explique M. Matsuo. Regardez, je vais vous montrer. Vous voyez, quand on verse le liquide au fond du verre la première fois, de grosses bulles remontent ; jusque-là, c'est juste une bière normale. J'ôte la mousse épaisse du dessus et, la deuxième fois, je place l'embout de la tireuse sous la couche de mousse pour verser doucement. Voilà, c'est prêt. »

La saveur délicate du verre qu'il me tend en m'invitant à y goûter me fait écarquiller les yeux. Cette façon de tirer la bière en deux étapes, peut-on la reproduire chez soi ? Oui, d'après notre professionnel.

Comment boire de la bonne bière à domicile :

Choisissez un verre élancé, qui laisse de la place à la mousse. Un verre bas rend la bière plus lourde en bouche. La différence de température permettant d'obtenir plus de mousse, attention à ne pas trop rafraîchir le verre.

Dans le verre bien droit, versez la bière franchement, en la faisant beaucoup mousser afin de libérer le gaz carbonique. L'idéal est d'obtenir environ deux tiers de mousse.

Attendez un instant que la mousse redescende.

Penchez un peu le verre et remplissez-le doucement, près du bord, pour emprisonner le gaz carbonique.

Après nous avoir dévoilé les secrets de son art, M. Matsuo murmure, le regard perdu dans le vague :

« Jamais je n'oublierai la saveur de cette bière dégustée *Au Tigre d'or*, en Tchéquie. Qu'est-ce que j'aimerais tirer la bière comme là-bas, avec la mousse qui vient pousser contre vos lèvres. »

Depuis sa rencontre avec la bière, il y a presque trente ans, à l'occasion d'un petit boulot d'étudiant au *Nada Colombia*, M. Matsuo y consacre sa vie.

Le goût d'un verre de bière, c'est la saveur de l'existence de ceux qui y ont dédié leurs jours, emprisonnée dans les bulles de la mousse.

Au cœur de l'été, à moi l'anguille !

Quand je mange de l'anguille, j'ai la cervelle qui entre en ébullition.

Voilà ce que m'ont dit trois amis dans la même semaine à l'approche de l'été. Quelle surprise, tout de même ! Pour être précise, l'un d'eux a plutôt parlé de son front, et ajouté ceci :

« Quand je commence à manger un plat de riz garni d'anguille grillée, je perds soudain mes moyens, j'ai le front en feu. »

Exactement. C'est tout à fait ça. Dans mon cas, à peine le couvercle de la boîte soulevé, au parfum de l'anguille et à la vue de sa chair lustrée, je tomberais presque en pâmoison.

Mais pourquoi ce mets nous fait-il ainsi perdre la tête ? Quand les gens parlent d'anguille en sauce sur du riz ou tout simplement grillée, leurs yeux brillent. Et pour finir, grisés, ils se tortillent en disant : « J'ai trop envie d'en manger. » C'est encore plus vrai l'été, quand il fait terriblement chaud.

Dans mon enfance, pendant les grandes vacances, on célébrait deux ou trois fois le « jour de l'anguille » (dans la deuxième quinzaine du mois de juillet). Pour commencer, le jour dit, ma mère achetait de l'anguille grillée. Ah, cette odeur, ce parfum qui s'élevait du paquet qu'elle rapportait à la maison ! Cela suffisait à me faire saliver. Quand je sautais sur place d'impatience, elle me répétait toujours la même chose : « C'est l'été, il faut manger des aliments qui redonnent des forces. »

A son ton, on devinait qu'elle tentait de se rassurer face à la dépense, car c'était un plat de luxe.

Lorsque nous dégustions en famille un bol d'anguille grillée sur un lit de riz, j'étais soudain en pleine forme, j'avais l'impression de déborder d'énergie. Ce plat de fête avait, je n'en doutais pas, le pouvoir de nous remettre en selle, c'était un puissant revigorant.

Bien entendu, c'est pareil aujourd'hui. Allez, soyons fous, ce soir, c'est anguille ! Même devenue adulte, ou plutôt parce que je suis maintenant une adulte, j'ai particulièrement le cœur en fête ces jours-là.

Eh bien, il existe une ville où ce mets est roi, un véritable palais de l'anguille. C'est Narita, dans le département de Chiba. Pour preuve, voici la devise qu'elle s'est choisie : *Narita, la ville qui monte en flèche* – comme l'anguille qui remonte les rivières à toute allure.

La fête de l'anguille dure du 15 juillet au 23 août. L'été, là-bas, tout tourne autour de l'anguille.

A vrai dire, il y a une raison à cela. A l'époque d'Edo (entre le XVIIe et le XIXe siècle), lorsque le pèlerinage au temple Narita-san a commencé à être à la mode, les restaurants et auberges à proximité se sont mis à servir de l'anguille aux pèlerins venus de loin, pour leur redonner des forces. Dans le même temps, ce mets était de plus en plus apprécié à Edo et l'anguille sauvage du lac d'Inbanuma, dans le département de Chiba, était prisée pour sa saveur. Le nom de ce plat qui vous reposait du long voyage à pied vers le temple Narita-san résonnait jusqu'à la lointaine Edo.

Quand on ne tient plus en place à la simple évocation de cette histoire, c'est qu'on est un véritable adepte de l'anguille.

En route pour Narita ! A moi l'anguille de Narita ! Il n'y a pas à dire, l'anguille fait perdre le contrôle de soi. Incapable de réprimer davantage mon envie, trois jours plus tard, malgré la chaleur suffocante, je me précipite à la gare de Tokyo pour prendre le train à destination de Narita.

« Vous saviez qu'il existe de solides liens entre Narita et le théâtre kabuki ? » me demande soudain le jeune Y., assis à côté de moi dans le train, les yeux posés sur le paysage écrasé par l'ardent soleil du plein été. Tiens, c'est vrai, dans le kabuki, la lignée des acteurs Ichikawa Danjurô a pour surnom Narita-ya.

« Le père d'Ichikawa Danjurô I, qui a connu un succès fou pendant l'ère Genroku (1688-1704), était originaire de Narita. C'est pour cela que ce nom est devenu célèbre à Edo, m'explique doctement le jeune Y., fan de kabuki. Ichikawa Danjurô I et son fils ont fait un tabac avec la pièce *Tsuwamono Kongen Soga (L'origine du guerrier Soga)*. Son fils, puis son petit-fils étaient, paraît-il, de fervents fidèles de la divinité Fudô-son, et c'est ainsi que la population s'est entichée du temple de Narita, qui lui est dédié. C'est du moins ce qu'on dit. »

A seulement une soixantaine de kilomètres de Tokyo, la ville est ainsi devenue une destination de rêve, accessible en trois ou quatre jours à pied.

Aha, le temple Narita vous apporte le succès. La divinité vous apporte chance et prospérité, aha

Alors que je suis simplement venue alléchée par l'anguille, le Narita-san va m'accorder en prime succès, chance et prospérité, la totale. C'est digne de ce lieu magique qui, depuis l'époque d'Edo, attire les pèlerins ; j'ai l'impression que c'est mon jour de chance.

Si vous allez manger de l'anguille à Narita, n'hésitez pas : allez chez *Kawatoyo*, le restaurant que j'ai en ligne de mire. Spécialiste de l'anguille depuis 1910, année de sa fondation, c'est l'établissement qui a su s'attacher les faveurs des pèlerins venus de loin. Ici, on touche à l'essence de l'anguille.

D'un pas déterminé, je me mets en marche vers l'est à la sortie de la gare JR de Narita. Tout de suite, on se trouve dans l'allée qui mène au temple.

« Tiens, c'est déjà l'allée d'accès au temple ?

— On dirait, oui. »

Je regarde autour de moi, un peu désorientée, mais c'est bien ça. On se croirait plutôt dans une rue commerçante, avec, de chaque côté de l'allée assez étroite, des étals de galettes de riz soufflé, de légumes en saumure ou de pâtisseries à la gelée de haricots, et des marchands de souvenirs, des restaurants de nouilles, un vendeur de glaces... Une foule de boutiques auxquelles se mêlent des enseignes de restaurants d'anguille. J'aperçois même un restaurant indien et un thaïlandais, le Narita-san fait vraiment preuve d'une grande ouverture d'esprit. Cependant, sous ce soleil de plomb, les pèlerins sont plutôt rares et l'atmosphère paisible.

Tiens, qu'est-ce donc ? De part et d'autre de l'allée, des bannières bleu clair flottent au vent.

Fête de l'anguille de Narita – Narita, la ville qui monte en flèche

Une longue silhouette sombre et tentante nous accueille, tout en souplesse. Il n'y a pas à dire, ici, l'anguille, c'est une religion.

Au bout de dix minutes de marche dans l'allée en pente douce, après l'office du tourisme de Narita, non loin de l'entrée du temple, se dresse, majestueux, le restaurant *Kawatoyo*.

Instinctivement, je presse le pas. Dans un coin de la vaste devanture ouverte sur l'allée, les anguilles clouées sur une épaisse planche de bois passent sous le couteau habile de deux cuisiniers assis face à face, dont la main experte ne souffre aucune hésitation. Les poissons noirs qui se débattent et se tordent dans tous les sens sur la planche de ginkgo d'un seul tenant – elle paraît bien mesurer deux mètres de long – sont comme par magie incisés sur le dos et ouverts en deux, leur chair blanche et pulpeuse mise à nu ; la tête, les arêtes, les nerfs, les nageoires et le foie sont proprement ôtés. On les découpe ensuite en tronçons d'égale longueur, qu'on enfile sur des piques ; en un rien de temps, les brochettes d'anguille sont prêtes. La maestria des professionnels est généreusement exposée à la vue de tous.

Je jette un coup d'œil vers le bac d'où sont tirées les anguilles frétillantes… Elles sont bien là !

Dans le baquet à la circonférence imposante glissent des anguilles, des anguilles et encore des anguilles au dos noir et luisant. Cet impressionnant grouillement de corps charnus entremêlés déborde de vie et d'énergie.

Et ce n'est pas tout. Je regarde les bacs empilés : là encore, des anguilles à n'en plus finir. De l'eau coule sans cesse dans ce véritable vivier à ciel ouvert. Devant mon regard curieux, le patron, Itô Kosumi, petit-fils du fondateur, m'offre des explications :

« L'eau qui coule dans les bacs est pompée dans la nappe phréatique. On ne le soupçonne pas, mais les anguilles sont très délicates, il suffit d'une légère augmentation de la teneur en oxygène de l'eau pour qu'elles s'affaiblissent immédiatement. Sans cette eau-là, on n'obtiendrait pas d'aussi bonnes anguilles que les nôtres. »

Je l'ignorais. *Kawatoyo* était au départ un grossiste en poissons d'eau douce qui, à force de vendre anguilles, carpes, carassins et loches pêchés dans la rivière voisine, s'est lancé dans la restauration spécialisée dans l'anguille. Aujourd'hui, pour assurer une qualité stable toute l'année, il s'approvisionne un peu partout dans le pays mais surtout dans les départements de Shizuoka et Aichi. Pour les poissons d'eau douce, la qualité de l'eau est cruciale. Si l'anguille de Narita est si bonne, c'est grâce à ce terroir riche en eau.

« S'il vous plaît, je n'en peux plus. On se dépêche d'aller manger ? » plaide le jeune Y. d'un air torturé.

Je n'ai rien contre. D'ailleurs, moi non plus, je n'en peux plus d'attendre. Dès l'instant où nous avons mis le pied chez *Kawatoyo*, j'ai été captivée par la dextérité de professionnels chevronnés, subjuguée par les anguilles fraîches, hypnotisée par leur chair pulpeuse, noyée dans le tourbillon suave du fumet de la sauce qui emplit le restaurant. Et puis, si je suis venue jusqu'ici en train, c'est précisément pour savourer de l'anguille de Narita.

Il est midi pile, le soleil cogne, c'est l'heure de l'anguille. Nous nous précipitons dans la grande salle commune où, assis sur un coussin, le jeune Y. passe commande, le souffle court :

« Deux plats d'anguille grillée, deux soupes au foie, et avec ça…

— Pour commencer, du sashimi de carpe, une portion d'anguille nature et une bouteille de bière, s'il vous plaît. »

Avec l'anguille, l'attente est un plaisir. L'idée est de patienter, pleins d'espoir, en dégustant du sashimi de carpe, autre spécialité de *Kawatoyo*, et tant qu'on y est, de l'anguille nature, le tout arrosé d'une bonne bière.

Enfin posée, je regarde autour de moi. Les grandes salles communes, c'est chouette. On se sent comme en famille avec les autres clients. Un groupe de quatre dames en train de dévorer leur plat d'anguille grillée, un monsieur d'un certain âge qui sirote tranquillement du saké en accompagnement d'une anguille vapeur, deux touristes étrangers avec un guide touristique à la main… des groupes sans lien, mais dont ressort malgré tout une certaine unité. Imprégnés de l'atmosphère de chez *Kawatoyo*, tous trouvent leur place ici.

Nous sommes en train de savourer le sashimi de carpe, ferme en bouche, accompagné de miso vinaigré, quand l'anguille à la vapeur nous est servie. Lorsque j'y plonge mes baguettes, la tendre chair pâle s'alanguit langoureusement (pourquoi ce mets me pousse-t-il à adopter un registre machiste ?). Je soulève délicatement un morceau que je dépose sur ma langue ; le ventre de l'anguille est moelleux tandis que la chair se fait plus ferme vers l'extrémité. Les saveurs sont légères mais variées, et tout ça pour 2 200 yens. Une joie subite m'envahit.

« Alors là, l'anguille grillée, ça va être quelque chose », murmure mon compagnon.

Nous savourons les plats à petites bouchées en réfrénant notre impatience. L'anguille nature recèle ce plaisir un peu masochiste.

Avec de petits cris étouffés, nous nous redressons de concert. Le plat d'anguille grillée fait son apparition.

« Désolée de vous avoir fait attendre. La soupe au foie arrive tout de suite. »

Avec un léger claquement sonore, les boîtes laquées sont déposées sur la table. Aha, tu vas voir ce que tu vas voir ! Pareils à deux satyres, un sourire lubrique aux lèvres, les yeux plissés, nous dévorons du regard les plats d'anguille grillée enfin tombés entre nos mains.

Je soulève le couvercle.

Un instant, le souffle me manque.

Vite, je prends une inspiration, pas question de laisser filer ce parfum.

KAWATOYO, NARITA
MAISON FONDÉE EN 1910
TOUT JUSTE CENT ANS CETTE ANNÉE
TROIS ANS À PRÉPARER LES BROCHETTES
HUIT ANS À DÉPOUILLER LES ANGUILLES
UNE VIE ENTIÈRE À LES FAIRE GRILLER
FSHH
FSHH
FSHHHH
POUR COMMENCER,
DE L'ANGUILLE NATURE À LA VAPEUR.
APRÈS, ON CONTINUERA AVEC DE L'ANGUILLE GRILLÉE EN SAUCE.

L'anguille grillée en sauce luit, emplissant la boîte laquée comme une couette moelleuse. L'arôme qui en émane, je le fais mien. Quoi qu'il arrive, ce plat est à moi, et rien qu'à moi.

Je plonge mes baguettes à l'intérieur et, en partant du bord, laboure en douceur le contenu pour soulever une bouchée, riz compris, que j'engloutis. La sauce salée-sucrée, puissante, fait corps avec la chair épaisse et charnue, une combinaison voluptueuse. Et l'anguille, loin de se laisser abattre, affirme sa propre saveur, elle vous met les papilles k.-o.

« Dans un restaurant peu fréquenté, on ne trouverait pas une sauce aussi savoureuse, je crois », m'a expliqué M. Itô, un peu plus tôt.

Les brochettes d'anguille grillée sont plongées tout entières dans la jarre de sauce. A chaque aller et retour, la saveur et le gras du poisson viennent en renforcer le goût, lui donner de la profondeur.

« Un nombre incalculable de brochettes passent chaque jour dans la sauce, et chacune la fait *revivre* », m'a-t-il dit.

La nouvelle sauce régulièrement ajoutée au contenu de la jarre n'a pas du tout le même goût que celle qui s'y trouve déjà, d'après lui. Voilà pourquoi cette jarre est le trésor de la maison. Cette saveur qui vous dépouille de toute lucidité a quelque chose d'affolant.

Après quelques bouchées, je parsème mon anguille de poivre du Sichuan et, mes baguettes de nouveau en main, je vide mon plat, transportée. Quand j'avale le dernier grain de riz, je suis tout échauffée, le front en feu.

L'anguille, ça rend silencieux. Les premiers mots du jeune Y., une fois ses baguettes reposées, sont les suivants :

« Ça ne vous chauffe pas dans la tête ? Comme si vous aviez un troisième œil qui s'était ouvert là, au milieu du front ? »

Aha, lui aussi…

Je passe à la caisse : 2 800 yens le plat d'anguille grillée supérieure. Et 100 yens la soupe au foie. Je paie, à la fois ravie et confuse, et remercie pour le repas.

C'était vraiment succulent. Je me suis régalée. Je tiens à remercier aussi les cuisiniers qui, assis face à face de part et d'autre de la grande planche de ginkgo, sont concentrés sur leur travail, une anguille entre les mains.

Trois ans à préparer les brochettes, huit ans à dépouiller les anguilles, une vie à les faire griller.

Cette maxime résume l'essence de leur travail. Un cuisinier qui exerce depuis quarante ans chez *Kawatoyo* distingue au premier coup d'œil les anguilles d'excellente qualité et celles qu'il rejettera, me dit-on. La recherche de la perfection, de la confection des brochettes à la cuisson de la peau, tel est le socle des saveurs de *Kawatoyo*, de l'anguille de Narita.

Le ventre plein, je grimpe la côte pour me recueillir au temple Narita-san Shinshô-ji. Un nouveau portail a été édifié deux ans plus tôt, en zelkova du Japon. En haut de l'escalier en pierre s'élève la majestueuse porte des gardiens, reconstruite en 1831. Encore quelques marches et on débouche dans la vaste enceinte intérieure, où se dresse le bâtiment principal. L'heure est venue de se recueillir, les mains jointes, pour exprimer ma reconnaissance à Narita comme aux anguilles.

A l'intérieur du temple, un rituel est justement en train de se dérouler devant le Bouddha principal. C'est la prière du feu, qui attire depuis longtemps les pèlerins de tous âges. Les flammes représentent la sagesse du Bouddha Fudômyôô, et les baguettes de bois qu'elles réduisent en cendres, les passions des fidèles. Les chants du bouddhisme ésotérique Shingon se superposent aux flammes vives devant les gens venus de loin qui, tête baissée, sollicitent la protection du Bouddha. Nous joignons leurs rangs d'un air grave.

Après m'être recueillie au temple, je me sens plus légère. L'anguille avalée et la prière faite, je rebrousse l'allée, sereine, en jetant des coups d'œil à gauche et à droite. Je lève le nez vers la tourelle qui coiffe l'auberge *Onoya*, splendide bâtiment en bois datant de 1935, goûte aux courges marinées de Narita chez le marchand de légumes en saumure, découvre dans la boutique de souvenirs les tartes et biscuits aux cacahuètes typiques de la région et me précipite sur du gâteau au fromage et à l'anguille pour y goûter. Il paraît qu'il contient de l'extrait d'anguille, mais il faut en être informé pour le deviner.

Me voici bientôt au bout de l'allée. Je n'ai pas encore envie de quitter les lieux, alors je m'engouffre chez le confiseur *Gotô*, fondé en 1845, où je commande une glace pilée au sirop. Après l'anguille, de la glace pilée ! Voilà une combinaison qui aurait fait dire à ma mère : « Tu vas te faire mal au ventre », mais non !

La glace pilée, préparée sur commande en la râpant à la machine comme autrefois, est délicieusement croquante et moelleuse. Servie avec un sirop lait-fraise extrêmement rafraîchissant, elle ne se liquéfie pas avant qu'on ait fini sa coupe.

Une vieille dame de retour du temple soulève le rideau pour entrer dans la boutique et annonce :« Je vais prendre une glace pilée. Au sirop lait-fraise, s'il vous plaît. »

Le petit plaisir d'un passage au temple c'est, en été, la glace pilée. A l'automne et en hiver, les brochettes de boulettes de riz gluant grillées. Au printemps, les boulettes de riz gluant à l'armoise japonaise cueillie à la main. Ici aussi, on sert de quoi délasser les fidèles venus prier à Narita.

Par la fenêtre ouverte se faufile une douce brise de fin d'après-midi. De l'anguille de premier choix, de la glace pilée tout aussi délicieuse et une prière au temple, quelle belle journée c'était ! Je me souviens qu'un jour, une voisine m'a glissé ces mots à l'oreille :

« Quand on va se recueillir au temple de Narita, il arrive toujours une bonne surprise. C'est vrai, vous savez. »

Pour ma première visite, je n'ai eu que des bonnes surprises. La publicité n'était pas mensongère, ici, c'est bien la ville qui monte en flèche.

La journée a été chaude et humide. Le soleil baisse et, enfin, une légère fraîcheur vient baigner cette fin d'après-midi de week-end. Et si ce soir, je sautais dans mes sandales, deux billets de 1000 yens à la main, pour aller manger des brochettes d'anguille ?

Allez, c'est parti !

Kawasei ouvre ses portes à dix-sept heures et, en un clin d'œil, toutes les places sont prises. Ce restaurant est situé à une petite minute de la sortie nord de la gare JR Ogikubo, dans l'arrondissement de Suginami à Tokyo, dont l'arcade commerçante vous transporte dans les années 1930 ou 1950. C'est là que se niche *Kawasei*, un minuscule établissement d'une dizaine de couverts au comptoir. Le patron, Suzuki Yasuharu, trente-trois ans de brochettes d'anguille au compteur, attire une clientèle fidèle ; aujourd'hui encore, dès dix-sept heures, la salle est pleine.

Derrière le comptoir, les braises rougeoient. Toutes les brochettes sont grillées à la main. Il y a tout, de la tête jusqu'à la queue de l'anguille. Commandez un menu « combinaison », six brochettes différentes :

Entrailles grillées *kimo-yaki*
Nageoires grillées *hire-yaki*
Côtes grillées *bara-yaki*
Foie grillé *reba-yaki*
Brochette de filets *kushi-maki*
Roulé à la grande bardane *yawata-maki*

Le tout pour 1 240 yens ! Avec une bière pression, vous récupérez encore de la monnaie. Le verre de *shôchû* étant, lui, à 350 yens, on peut en boire deux. Pour 2000 yens, on repart rassasié et satisfait. Rien à redire !

« Une "combinaison", s'il vous plaît. Et une bière. »

A peine ai-je passé commande qu'une voix familière s'élève, tout près :

« La même chose pour moi, s'il vous plaît. »

Surprise, je me retourne; le jeune Y. rigole en se frottant les mains: « Narita, c'était super, mais ici aussi, ça a l'air succulent. » C'est vrai, je lui avais dit que s'il voulait aller chez *Kawasei* un week-end, il fallait y être à dix-sept heures tapantes. Je ne peux que m'incliner devant une telle gourmandise.

Nous trinquons à la bière pour nous remettre de la journée et, très vite, arrivent les trois premières brochettes: entrailles, côtes et foie.

Les entrailles sont élastiques en bouche, c'est agréable, avec une pointe d'amertume. Les côtes, situées autour de l'épine dorsale, sont fermes et croquantes. Le moelleux du foie révèle sa fraîcheur dès la première bouchée. Tous les morceaux ont beau provenir du même poisson, chaque brochette offre des saveurs et des textures complètement différentes. La sauce, par sa légèreté, fait ressortir les nuances.

« Impressionnant! Dire que l'anguille cachait autant de parties... C'est vraiment un poisson de luxe. »

Les compliments du jeune Y. me font rougir de fierté.

« On ne sait pas ce qu'on perd quand on imagine que l'anguille, ça se résume à un plat grillé en sauce ou cuit à la vapeur », lui dis-je.

J'ai beau dire, c'est chez *Kawajirô* à Nakano, où M. Suzuki a fait son apprentissage autrefois, que j'ai appris tout ça. Chez *Kawajirô* comme chez *Kawasei*, on fait du bon travail, sans lésiner. Quand on y pense, pour chaque brochette de foie et d'entrailles, il faut plusieurs anguilles. Les préparatifs commencent le matin dès sept heures. Quel travail!

A côté de nous, deux habitués qui viennent presque tous les jours, paraît-il.

« C'est bon, hein ? Qu'est-ce que c'est bon! »,

répètent-ils en ajoutant qu'ils ne s'en lassent pas. Ils vident leur chope de bière d'un air satisfait.

L'anguille, c'est vraiment un drôle de poisson. Parce qu'il n'y a pas que les clients, même M. Itô de chez *Kawatoyo* à Narita m'a avoué qu'il avait beau en préparer tous les jours, il avait toujours envie d'en manger. Pareil pour M. Suzuki de chez *Kawasei* : « Faire cuire mes brochettes me met l'eau à la bouche, ça me fait envie. » L'anguille, c'est plein de bonnes choses : des vitamines A et E à foison, du calcium et des vitamines B. Si ce mets a connu un tel succès à l'époque d'Edo, c'est sans doute parce qu'avec l'interdiction de manger de la viande, c'était le plat le plus nutritif à la disposition du peuple.

« Voilà la suite. »

Les trois autres brochettes sont prêtes. Les nageoires grillées, enrobées de ciboule de Chine, sont tendres et moelleuses. Sur la brochette de filets s'enroule l'équivalent d'un quart d'anguille à la chair généreuse, charnue. Le roulé avec un tronçon de grande bardane en son centre est imposant. Dans tous les cas, la peau grillée est savoureuse, juste à point.

Six brochettes sans fioritures, accompagnées d'une bière pression bien fraîche. Dégustée avec un tel plaisir, l'anguille doit être satisfaite. Et il y a aussi d'autres brochettes : les joues et la tête finement travaillées, bien croquantes (*eri*), les filets dodus et fermes en bouche (*tanzaku*), la brochette d'anguille et de racine de lotus entremêlées à la saveur indicible (*hasu-yaki*)... on ne peut qu'être admiratif devant la délicatesse de chaque plat. Pour finir, commandez un bol d'*unadon* et de l'anguille fraîchement cuite à la vapeur vous sera servie sur un lit de riz.

Mais arrêtons-nous là pour aujourd'hui. Les clients affluent. Ils jettent un coup d'œil par la porte, voient que c'est plein et rebroussent chemin d'un air déçu. Il est temps de partir.

Nous payons chacun 2000 yens et sortons en remerciant le patron, nous reviendrons !

Au plus fort de l'été, l'anguille a la cote. Dès le mois de septembre, sa saveur monte en flèche. Elle nous aidera à affronter, en pleine forme, les dernières journées chaudes de la saison.

A Ikebukuro, voyage dans le Nord-Est de la Chine

Tu n'en fais qu'à ta tête, Ikebukuro la nuit à Tokyo.

C'est en 1969 que la chanson *La nuit à Ikebukuro*, portée par la voix chaude d'Aoe Mina, a connu un succès retentissant. Bravo à vous, mademoiselle Mina, de l'avoir deviné si jeune, avant vos quarante ans : Ikebukuro, en plus de sa fantaisie, révèle aujourd'hui un visage insoupçonné.

A la sortie nord de la gare JR, le chaos règne aux abords d'un minuscule rond-point. Cris en chinois d'une dame qui manque de se faire renverser alors qu'elle traverse la rue à marche forcée ; caractères chinois des enseignes vibrantes de rouge et d'or ; beignets chinois fraîchement frits et œufs bouillis aux devantures ; piles de journaux en chinois… De temps à autre, un parfum d'anis étoilé ou de sauce soja forte vient vous chatouiller les narines.

« Quand vous vous attardez à un carrefour, c'est le dialecte du Nord-Est qui vous arrive aux oreilles. Il y a dix ans, on n'entendait que du parler de Shanghai, de Pékin ou du Fujian », remarque un Chinois de Shanghai installé depuis vingt ans à Ikebukuro – les siens sont désormais minoritaires.

La diaspora chinoise compte une première vague de migrants, implantés autrefois dans les villes portuaires comme Yokohama, Kobe ou Nagasaki, suivie d'une deuxième, à partir des années 1980, arrivée en nombre, dotée de permis de travail. Pour les nouveaux arrivants, avec ses nombreux studios bon marché et ses écoles de japonais ou spécialisées, ainsi que son statut de nœud ferroviaire proche du centre de Tokyo, Ikebukuro était le point de chute idéal. A Tokyo, l'arrondissement de Toshima – où se trouve le quartier d'Ikebukuro – se place juste derrière celui de Shinjuku en nombre de résidents chinois. Depuis l'an 2000, avec la montée en puissance de l'économie chinoise, le nombre d'arrivants au Japon croît ; Ikebukuro attire en particulier la nouvelle diaspora originaire du Dongbei, c'est-à-dire des trois provinces du Nord-Est de la Chine : le Liaoning, le Jilin et le Heilongjiang.

Le nombre appelle le nombre. Et là où il y a foule, il y a un marché. Près des sorties ouest et nord de la gare d'Ikebukuro, de l'autre côté des voies par rapport à la sortie est rénovée, se pressent désormais épiceries, librairies, vidéoclubs et agences de voyages chinoises.

Autour de la sortie nord, les restaurants proposant de la cuisine du Nord-Est de la Chine ont poussé comme des champignons. Partout, la clientèle est majoritairement chinoise, de même que le personnel ; dans ce brouhaha de conversations en chinois, une drôle de sensation me fait m'interroger : mais où suis-je ?

En un clin d'œil, me voilà transportée en plein Nord-Est de la Chine. La preuve, le grand plat devant moi déborde de vertèbres de porc mijotées à la sauce soja, une spécialité du Dongbei.

« Quand on se retrouve entre amis, c'est toujours à Ikebukuro. Ça nous permet d'échanger des informations et puis, au retour, on peut s'approvisionner en produits d'épicerie et en condiments », m'explique une jeune femme de vingt et un ans originaire du Heilongjiang.

Elle travaille dans un karaoké chinois, un emploi qui lui a été trouvé par un ami de son village natal ; ici, pas besoin de connaître de Japonais, être intégré à la communauté chinoise permet de mener une vie normale.

« Les Chinois aiment les grandes tablées, n'est-ce pas ? reprend-elle. Dans ce quartier, on sert de la bonne cuisine du Dongbei pour pas cher. C'est introuvable ailleurs à Tokyo. »

Les saveurs de sa région natale l'attendent à Ikebukuro. Au troisième étage d'un vieil immeuble face à la sortie nord, l'épicerie chinoise *Chiin*, véritable institution, propose un niveau entier de produits importés : graines de pastèque ou de tournesol indispensables pour caler un petit creux, prunes *huà méi* en saumure séchées et sucrées, émincé de tendon de bœuf à la sauce soja, jujube et tofu séchés utilisés dans la cuisine familiale, légumineuses et céréales concassées, chou de Tianjin et feuilles de moutarde en saumure typiques du Dongbei, viande de porc avec sa couenne, maigre argenté, condiments… on trouve de tout.

Jetons un coup d'œil dans le restaurant adjacent : il y a même des écrevisses marinées au piment rouge. Dans le Dongbei, l'écrevisse est un produit courant, aux vertus médicinales. J'en croque une après avoir ôté la carapace craquante ; à la table voisine, deux hommes en blouson, de toute évidence originaires de là-bas, suçotent du *pào jiāo zhǎo*, des pattes de poulet au piment et au poivre du Sichuan.

« Vraiment ? Vous dites qu'on peut partir en voyage en Chine rien qu'en prenant la ligne Yamanote ? »

C'est mon compagnon gastronome, le jeune Y., qui m'interroge d'un air gourmand, à l'autre bout du fil.

Mais la cuisine chinoise, il n'y a pas à dire, c'est meilleur à quatre ou cinq. Le voilà donc qui me recontacte sans tarder, quelques jours plus tard : « J'ai trouvé quatre personnes. Dont un géant qui pèse bien son quintal, alors il compte pour deux. Bref, ça fait cinq. »

Dix-neuf heures ; une agréable brise souffle. Nous nous retrouvons à la sortie nord de la gare pour pousser la porte du restaurant *Taihô*, à trois minutes à pied le long des voies. Cet établissement tenu par une famille de Shenyang, dans le Liaoning, est réputé parmi les Chinois originaires du Dongbei. A peine installés, une bière à la main, le menu entre nous, nous convoquons une réunion stratégique pour décider de la commande.

« On ne sait pas où donner de la tête ! »

« Une telle multitude de mets inconnus, ça donne le tournis. »

Du haut de mon expérience, je les morigène : « Ne vous laissez pas effrayer, sinon, vous ne choisirez pas les bons plats. » La majeure partie du Nord-Est de la Chine étant loin des côtes, on peut faire l'impasse sur le poisson et les coquillages. Pas question de se réfugier dans les raviolis chinois et le riz cantonais, on vise d'abord les mets typiques de la région. Les plats de légumes, plus familiers, sont peut-être d'un abord moins difficile… Voici les hors-d'œuvre choisis par chacun après un examen minutieux des photos :

Salade de gésiers et de légumes (*bàn jī zhēn*), 480 yens

Salade de pommes de terre (*liáng bàn tŭ dòu sī*), 580 yens

Hors-d'œuvre maison au miso (*shŏu sī cài*), 680 yens

Hors-d'œuvre de vermicelles plats du Nord-Est (*dōng bĕi dà lā pí*), 1 280 yens

Jarret de bœuf mijoté à la sauce soja (*jiàng niú ròu*), 780 yens

Parfait ! C'est bien le choix d'une équipe de gourmands, préoccupés avant tout de manger le meilleur. A Rome, fais comme les Romains, dit-on : la base de notre stratégie est de choisir en priorité des mets caractéristiques du Dongbei.

Sans attendre, cinq assiettes viennent rejoindre notre table : bâtonnets de pommes de terre frits à la sauce aigre-douce, gésiers et concombres croquants parsemés d'ail, chou, poivron, carottes et piment rouge enrobés de sauce au miso... Des plats légers, un peu piquants, qui appellent une gorgée de bière après l'autre.

« Oh, ça, c'est délicieux ! »

Ce sont les vermicelles plats accompagnés de fines lanières de carotte et de concombre qu'on déguste arrosés de sauce au sésame *zhī má jiàng*, une spécialité

TAIHÔ: HORS-D'ŒUVRE DE VERMICELLES PLATS DU NORD-EST

du Nord-Est, qui font briller les yeux de la tablée. Les vermicelles transparents, confectionnés à partir de haricots mungo, sont souples et soyeux. Une texture pleine de fraîcheur, inoubliable. Le coup de baguettes de I., futur jeune marié qui porte allègrement son quintal (les noces auront lieu à l'automne), est d'une vivacité réjouissante.

« C'est frais, ça se mange sans faim ! » « Une saveur toute simple, apaisante »... Nous nous régalons en clappant de la langue quand soudain...

Une jeune femme attablée au fond de la salle avec trois autres convives renverse sa chaise en criant. Nous nous figeons, baguettes en l'air. La demoiselle rugissante tient tête à un jeune homme prêt à lui sauter à la gorge, lui-même maîtrisé par un troisième hôte. Oh là là, faut-il appeler la police ? Alors que nous retenons notre souffle, le calme finit par revenir. Une querelle d'amoureux, peut-être ? Les gens du Dongbei sont réputés pour leur droiture, leur générosité et leur sérieux, et les disputes sont vite oubliées, semble-t-il ; la réconciliation ne tarde pas. Le couple de Chinois à la table voisine, qui leur a à peine jeté un coup d'œil, grignote son porc frit à la sauce aigre-douce sans s'alarmer.

« Alors là, on est vraiment en plein voyage en Chine », se réjouit le jeune Y.

Toute aménité me quitte soudain :

« Tiens, on va commander ça aussi.

— Friture de vers à soie en cocons, 980 yens... Un instant ! Je sais lire les caractères chinois, je vois bien ce que c'est ! »

Eh oui ! Des cocons de vers à soie frits. Ça aussi, c'est une spécialité du Dongbei, un petit souvenir de voyage. Les regards de la tablée sont rivés sur le plat qui nous est servi ; je les entends déglutir, preuve qu'ils tremblent devant le cauchemar à venir, peut-être ?

Rondeurs d'un noir luisant. Rayures. La taille d'un (gros) pouce.

Le jeune Y., qui ne s'épargne aucun effort quand c'est pour le travail, se jette à l'eau. Le jeune I. raffermit sa prise sur ses baguettes : pas question de laisser tomber son aîné.

Y. : « Tiens ? L'extérieur, croustillant et savoureux, révèle une légère amertume quand on mastique. Ce n'est pas si mauvais, si on considère ça comme un truc à grignoter. »

(Avale une rasade d'alcool de riz de Shaoxing.)

I. : « C'est une alternance de moelleux et de croustillant. Ça a l'air nourrissant. »

(Avale une rasade de bière.)

Y. : « Mais tu sais, je n'aurais pas dû prendre du vin de Shaoxing. Ça accentue l'arrière-goût. Et puis, maintenant que le plat a refroidi, ça commence à être dur. »

Pardon de vous laisser seuls devant ce plat ! Un, deux, trois… les paupières à demi baissées, je compte discrètement le nombre de masses d'un noir luisant : 53. Je ne peux pas leur reprocher de se jeter sur les nouilles aux légumes et les nouilles *dàndàn* en laissant 45 cocons sur l'assiette. Ils ont été très courageux. A peine sortis de chez *Taihô*, nous nous précipitons chez *Tokyo Chûkagai*, un bistro chinois où nous dévorons brochettes de mouton au piment rouge, raviolis chinois à l'eau, hors-d'œuvre de pousses de bambou et cacahuètes bouillies, le tout arrosé de bière et d'alcool de riz de Shaoxing. Sans doute avons-nous quelques souvenirs encore frais à effacer.

Voyons quel genre d'endroit est le délicieux Dongbei.

Cette région qui regroupe le Heilongjiang, le Liaoning et le Jilin, les provinces septentrionales de Chine, rassemble environ huit pour cent de la population du pays, soit quelque cent dix millions d'habitants. Grande terre industrielle où se concentrent les entreprises publiques, le Dongbei a joué un rôle moteur dans le développement économique du pays ; la région abrite également de nombreuses institutions culturelles et éducatives ainsi que des centres de recherche scientifique, et le niveau d'éducation y est élevé. Zone multiculturelle où l'influence de la Russie et de la Corée voisines se fait fortement sentir, l'architecture urbaine y a quelque chose d'unique. On y trouve par ailleurs des Han, des Mandchous, des Mongols et des Hui, mais aussi beaucoup de Coréens : Yanji, le chef-lieu de la préfecture autonome coréenne du Yanbian (province de Jilin), séparé de la Corée du Nord par une rivière, est un célèbre lieu de transit pour les réfugiés nord-coréens.

« … Ah bon ? D'où ce nom, alors ? » commentent Masako et Nami, l'air convaincu.

Ce week-end, me voici en compagnie de deux amies chez *Arirung*, un restaurant de la rue Heiwa-dôri près de la sortie nord de la gare d'Ikebukuro, qui tire son nom d'un chant lyrique traditionnel de la péninsule coréenne. Au menu, outre des mets du Dongbei et du Sichuan, figurent du *kimchi* de chou chinois, des crêpes coréennes *buchimgae*, du ragoût *jjigae* au miso et de la daube *gamja-tang* aux vertèbres de porc et aux pommes de terre… Les saveurs de la péninsule coréenne ont naturellement toute leur place sur la carte.

A Ikebukuro, de nombreux restaurants proposent de la cuisine du Yanbian, comme on appelle les spécialités culinaires de la diaspora coréenne en Chine. A part *Arirang*, il y a *Kinôfu*, tout près de la gare, qui sert de la viande de chien, tandis que chez *Rakurakuya*, on peut déguster en apéritif cacahuètes, graines de soja, *namul* de germes de soja ou *kimchi*, avant de croquer à belles dents dans des brochettes de viande fraîchement grillées et l'ail cru servi avec. Autrefois, les brochettes étaient préparées sur un petit barbecue dans le couloir, mais noyer le couloir sous des nuages de fumée n'est plus une option, semble-t-il ; la cuisson se fait désormais à table, au charbon de bois. 100 yens la brochette de viande de mouton brûlante parfumée au cumin, au poivre du Sichuan et au piment rouge ; avec une bière bien fraîche, c'est le paradis. Après le repas, les Chinois se précipitent au karaoké *Fureika*, à l'étage, où ils s'embarquent dans une folle nuit de chansons.

On parle fort, on mange beaucoup et on s'enivre joyeusement. Une atmosphère simple, où l'on se sent divinement bien. Sans trop penser au Japon, sans dresser de barrières et sans se gêner aux entournures, on se réjouit de se retrouver entre camarades originaires du même endroit. C'est comme ça, ici. Alors, même si vous ne parlez pas la langue des serveurs, vous arrivez à vous faire comprendre par gestes et c'est suffisant. Vous n'êtes pas là pour pinailler sur la qualité du service, des plats ou que sais-je encore. Laissez-vous porter et prenez-y plaisir, parce que c'est ça, le secret d'un voyage dans une autre culture.

Ces dernières années, au fur et à mesure que la présence chinoise se renforçait, s'est imposée l'idée de faire des environs des sorties ouest et nord de la gare d'Ikebukuro le « China Town » de Tokyo. Ce projet est porté par l'Association de promotion du quartier chinois de Tokyo, créée par les patrons chinois de cinquante établissements. Pour autant, tous les commerces voisins n'y sont pas favorables, et il reste une foule de problèmes à résoudre. Un membre de l'association m'a confié son point de vue sur la question :

« Jusqu'à présent, il n'existait pas de liens transversaux entre Chinois ; comme chacun privilégie d'abord son intérêt, c'est difficile de rassembler. Il faudra sans doute du temps pour que ce projet voie le jour. »

Ko Shikin, fondateur de *Yôkôjo*, une entreprise qui a commencé à importer des produits alimentaires et des vidéos dans les années 1990, se désole :

« Les magazines et les journaux font leurs choux gras de titres comme *La guerre fait rage avec les commerçants du quartier*, mais c'est faux. Simplement, nous cherchons à améliorer l'image de la communauté chinoise ; nous essayons de commencer par une gestion responsable des déchets de nos établissements, et le maintien de la propreté dans le quartier. »

Union, et non confrontation. Rapprochement et compréhension mutuelle. Tels sont les thèmes qui reviennent éternellement sur la table quand deux cultures différentes se rencontrent. J'exprime un regain d'admiration pour les jeunes Y. et I. qui, l'autre jour, ont courageusement croqué dans les cocons d'un noir luisant.

« N'est-ce pas ! » s'exclame le jeune Y., avant d'ajouter : « Et en prime, j'ai quelque chose à vous confier. » D'après lui, l'écrivaine Yang Yi est justement une habituée du restaurant *Taihô*. C'est là qu'elle a emmené dîner ses parents venus de Harbin dans le Heilongjiang lorsqu'elle a reçu le prix littéraire Akutagawa ; avec ses proches, ils étaient onze à table.

« Et si on l'invitait chez *Taihô* ? »

Quelle bonne idée ! Lui aurait-elle été soufflée par les vers à soie ? Le lendemain, je reçois un coup de fil :

« Mme Yang se fera un plaisir de nous accompagner. Quand je me suis vanté au téléphone d'avoir mangé des vers à soie, elle m'a répondu : "Eh bien, vous êtes courageux ! Mon père aime ça, mais moi, c'est mission impossible." Quelle déception… »

La semaine suivante, par une pluie battante, je fais la connaissance de Mme Yang et de son sourire rayonnant chez *Taihô*. Ce soir-là, nous sommes cinq, en comptant le jeune Y.

« Vous êtes sûrs de vouloir manger ce que je prends d'habitude ?

— Oui, vraiment, faites comme d'habitude. »

Mme Yang appelle le serveur et passe commande en chinois, à un débit rapide.

Zhū pí dòng (couenne de porc en gelée), 380 yens

Dōng běi dà lā pí (hors-d'œuvre de vermicelles plats du Nord-Est), 1 280 yens

Chǎo kōng xīn cài (sauté de liserons d'eau), 1 280 yens

Hóng bā quán zhǒu (cuissot de porc mijoté à la sauce soja avec sa couenne), 1 480 yens

Guō bāo ròu (porc frit à la sauce aigre-douce), 980 yens

Cōng yóu bǐng (galette à la ciboulette), 310 yens

Xiàn bǐng (galette grillée farcie à la viande de porc), 310 yens

On trinque à la bière avant de passer au vin de riz de Shaoxing. Pour Mme Yang, qui « ne tient pas bien l'alcool malgré les apparences », ce sera un *shôchû*-soda au litchi.

« La couenne de porc en gelée, j'en commande toujours. L'été, surtout, ça rafraîchit », nous précise-t-elle.

Un bloc de gelée translucide aux reflets cristallins met en valeur la couenne presque transparente qui repose à l'intérieur. Autour de la peau élastique, la gelée est fondante. Quelle texture merveilleuse ! Le hors-d'œuvre de vermicelles plats cher au jeune Y. nous est servi.

« C'est vraiment un délice ! » s'exclame-t-il.

Moi aussi, la première fois que j'y ai goûté à Pékin, cela m'a tellement plu que j'en commandais ensuite à tous les repas. Pour Mme Yang également, c'est l'une de ces saveurs qui ne s'oublient pas : « Quand j'étais enfant, ma mère confectionnait et découpait elle-même la pâte à vermicelles. Mais on ne trouve plus de vermicelles frais maintenant, seulement des secs. »

Son plat préféré, c'est le cuissot de porc mijoté à la sauce soja avec sa couenne. Pour les Chinois, le porc est la reine des viandes. Et avec la peau, c'est le nec plus ultra. Quand on saisit entre ses baguettes la chair longuement mijotée du cuissot, elle se détache sans peine de l'os. Sur la langue, l'épais morceau de viande et sa peau brillante fondent en un clin d'œil.

« Ça me rappelle Harbin. Ce ne serait pas pareil sans la couenne. Ce plat-là, quand je vais chez mes parents, je téléphone toujours avant pour demander à ma mère d'en préparer. »

A son arrivée au Japon en 1987, Mme Yang a enchaîné les petits boulots pour gagner sa vie. Pendant deux ans, elle a travaillé en usine quinze heures par jour, de dix-sept heures à huit heures le lendemain matin ; le soir, elle mangeait un bento de chez Hokahoka Bento, et pour le petit-déjeuner, c'était « un repas japonais pris tous ensemble chez le patron ». Au début, elle a eu du mal à avaler la soupe miso à laquelle elle n'était pas habituée.

« Mais au bout de deux mois, j'ai enfin commencé à trouver ça bon. Aujourd'hui, à la maison, je prépare des repas à moitié japonais, à moitié chinois, une espèce d'hybride rapide (rires). »

Comme elle n'aime pas trop cuisiner, la simplicité est la clé. Mais à Ikebukuro, sa gourmandise prend le dessus. Les galettes *cōng yóu bǐng* à la ciboulette qu'on mange avec les doigts, encore brûlantes, « sont assez difficiles à réussir soi-même ». Faites d'une pâte mêlée de ciboulette hachée et de sel, dorées sur les deux faces, elles sont pour Mme Yang le rappel de la cuisine familiale et des échoppes en plein air. A Ikebukuro, tout un tas de saveurs nostalgiques l'attendent; ses pas l'y mènent de temps à autre. Ce qui habite le cœur de Mme Yang est partagé par tous les gens du Dongbei qui se retrouvent ici.

A quelques pas de chez *Taihô*, dans la rue Heiwadôri, entre deux supérettes, petits restaurants japonais, pharmacies et marchands de fruits, on remarque un restaurant de spécialités pékinoises, un bistro chinois, un autre de cuisine du Yanbian... Çà et là, les enseignes rouge, jaune et or s'imposent. Parmi tous, l'établissement qui a le plus de succès est *Eiri*, ouvert en 1999.

Le patron, Suenaga Yongli, vient du Dongbei. Incapable d'oublier les saveurs de son enfance, il a dédié son restaurant à la cuisine de sa région d'origine. Aujourd'hui, le succès est tel qu'il faut réserver bien à l'avance pour y manger le week-end. Comparé aux premiers temps, c'est idyllique. Yo Shôhei, responsable de salle depuis l'ouverture, sent son cœur se serrer à l'évocation de ces premières années :

« Personne ne venait. Mais on s'est accrochés, sans rien changer à notre cuisine. Et alors, au bout d'un an ou deux, des Chinois ont commencé à venir, puis ils ont amené leurs amis, et la clientèle s'est développée. »

Ils sont maintenant six chefs cuisiniers originaires du Nord-Est de la Chine et quatre serveurs ; malgré tout, le week-end, à l'heure du dîner, ils sont débordés. Familles chinoises installées autour des tables rondes, couples de Japonais… une foule compacte d'hommes et de femmes, de jeunes et de moins jeunes remplit la vaste salle. Sur chaque table ou presque, un plat de vertèbres de porc mijotées à la sauce soja, que chacun grignote inlassablement. Mme Yang nous l'a bien dit : « Le meilleur, c'est la chair accrochée aux os. »

Les Chinois ont le palais extrêmement fin – et je ne parle pas d'avoir des goûts de luxe. Il ne s'agit pas de paraître, mais d'être. Parce qu'ils connaissent les saveurs, ils sont experts en gourmandise. Et puis, en matière de cuisine chinoise, c'est votre commande qui sublime les saveurs – ou qui les étouffe, cela dépend. Ingrédients, type de cuisson, méthode de découpe, assaisonnement… Passer commande, c'est savoir décrypter un menu complexe, imaginer les mets et composer le repas, tout un art qui demande de l'expérience. Sachez qu'en Chine, c'est l'hôte qui décide du menu dans son entier, en l'honneur de ses invités. Chez *Eiri*, les habitués japonais sont nombreux, mais leurs choix sont très différents de ceux de la clientèle chinoise. « Les Japonais commencent par les *dim sum*, par exemple des petits pains vapeur *xiăo lóng bāo* farcis au porc, des raviolis frits et des rouleaux de printemps, nous explique le patron. Ensuite ils commandent un peu tous la même chose : sauté de jeunes pousses, crevettes sauce chili, tofu *má pó dòu fu* à la sauce piquante, émincé de bœuf sauté aux poivrons verts, porc à la sauce aigre-douce et, pour finir, du riz cantonais. Qu'ils choisissent ces plats qu'on peut manger n'importe où me laisse songeur. A mon avis, ils prendraient plus de plaisir à être un peu plus aventureux. »

Entre Chinois aussi, les goûts varient si l'on vient du Nord ou du Sud.

« Quand j'ai recommandé à des gens du Sud notre hors-d'œuvre de vermicelles plats, une spécialité du Nord, ils n'ont pas eu l'air d'aimer ça du tout, j'étais bien embarrassé. »

Malgré tout, il lui arrive souvent de s'émerveiller du bon sens des Chinois quand ils passent commande :

« Deux jeunes femmes sont venues pour le déjeuner ; elles ont pris un ragoût de travers de porc à la tomate à 1 050 yens et deux portions de riz. Un repas délicieux et roboratif pour trois fois rien. »

Pas bête, comme idée. C'est tout l'art du commerce à la chinoise, qui sait s'adapter aux besoins des clients.

Un soir d'automne, au clair de lune. Ce jour-là, les jeunes Y. et I., leur collègue Mlle Y. et M. Oh, originaire de Shanghai, me retrouvent chez *Eiri*. Nous sommes cinq.

Y. : « Nous revoilà, le voyage en Chine sur la ligne Yamanote continue ! »

I. : « Aujourd'hui, si possible, j'aimerais échapper au plat débordant de choses noires luisantes. »

Mlle Y. : « Je suis venue car M. Y. m'a promis un excellent repas sans avoir rien de particulier à faire. »

M. Oh : « La première fois que j'ai découvert la cuisine du Dongbei, invité par des amis à Ikebukuro, j'ai adoré ça. »

EIRI, IKEBUKURO
MIAM !

La pression est forte, mais il m'en faut plus pour me laisser abattre. Je ne suis encore qu'une débutante, après quatre années à fréquenter le quartier, mais je vais faire de mon mieux. Ce soir, c'est moi qui choisis le menu.

Dōng běi dà lā pí (hors-d'œuvre de vermicelles plats du Nord-Est aux légumes et à la vinaigrette piquante au sésame), 1 260 yens

Dōng běi jiàng dà gǔ (vertèbres de porc mijotées à la sauce soja), 890 yens

Jiān jiāo tǔ dòu sī (sauté de pommes de terre et de piment vert enrobé d'une crêpe), 1 410 yens

Dōng pō ròu (porc Dongpo), 1 150 yens

Gàn shān dòu jiǎo (sauté de haricots verts à la sichuanaise), 1 050 yens

Dì sān xiān (pommes de terre, aubergines et poivrons sautés), 890 yens

Huā juǎn (brioche torsadée à la vapeur), 210 yens

Jīn xiāng yù mǐ lào (maïs rôti au sucre), 780 yens

En buvant ma bière bien fraîche, je trouve encore un plat à commander : *jiāo yán dà xiā* – des crevettes frites au poivre et au sel, un mets bien relevé, prisé des Chinois, parfait avec une bière. Chez *Eiri*, la carte, qui comporte déjà plus de trois cents plats, s'enrichit de nouveaux mets trois fois par an. A chaque visite, on a envie de tester quelque chose de nouveau. Ishikawa Kai, le chef de brigade originaire de Shenyang, décrit ainsi les saveurs du Nord-Est :

« *Yuán zhī yuán wèi* : une cuisine authentique et originale, qui met les aliments en valeur. »

Les mets sont simples et les saveurs franches, on y revient sans se lasser. J'ai envie de commander ces vermicelles plats que tout le monde aime, de faire découvrir à mes invités les légumes *dì sān xiān* typiques de la cuisine familiale du Dongbei, et puis ce savoureux maïs rôti qu'on ne trouve nulle part ailleurs… La carte si fournie est un puits sans fond, même pour les habitués ; je ne sais plus où donner de la tête, mais j'arrive tout de même à clore ma commande, non sans mal.

Voilà, nous avons notre billet. C'est parti pour le voyage !

Nous grignotons la viande autour des grosses vertèbres de porc, croquons les crevettes passées à la friture, enfournons des crêpes tartinées de sauce *tián miàn jiàng* et fourrées de bâtonnets croquants de pomme de terre, picorons quelques haricots verts corsés, partageons au couteau le gros morceau de viande de porc bien tendre… Je reprends mes esprits pour constater qu'un silence bienheureux règne sur notre tablée.

Mlle Y. : « Euh… Depuis tout à l'heure, je cherche un autre mot que "délicieux"… mais je ne trouve pas. »

Je lance un coup d'œil aux jeunes Y. et I. : leur bouche est occupée à mastiquer, fascinés qu'ils sont par les mets alignés sous nos yeux. Les chopes de bière et les verres d'alcool de riz de Shaoxing sont déjà vides.

M. Oh, les joues rosies, pose ses baguettes un instant pour jeter quelques idéogrammes sur un morceau de papier.

« *Jiǔ féng zhī jǐ qiān bēi shǎo.* »

C'est un proverbe chinois, nous apprend-il : « Bus avec un ami, mille verres d'alcool sont trop peu. » La tablée entière pousse des cris de joie. C'est génial, c'est délicieux, allez, on trinque encore une fois ! Je balaie du regard la salle en vidant mon verre : tous les clients débordent de joie de vivre. Ce voyage nous emmène-t-il dans le Nord-Est de la Chine, ou loin dans l'univers ? Soudain, la scène perd de sa réalité, je me sens comme transportée dans une autre dimension.

Quel bon repas c'était ! La panse rebondie, un peu gris, nous remontons à pas lents la rue Heiwa-dôri. La cacophonie, le tumulte et l'éclat des néons – dans ce quartier de la sortie nord de la gare, il fait toujours aussi clair qu'en plein jour, comme dans cet ancien château de Chine sur lequel, dit-on, le soleil ne se couchait jamais.

Aoe Mina termine dans un soupir le deuxième couplet de *La nuit à Ikebukuro* :

Tu ne me diras pas adieu, Ikebukuro la nuit.

Te quitter est difficile, mais je reviendrai vite. Tu caches ici et là une foule de goûts à savourer, à déguster, à débusquer. Je n'en ai sûrement pas encore découvert la moitié.

PORC DONGPO DE CHEZ *EIRI*

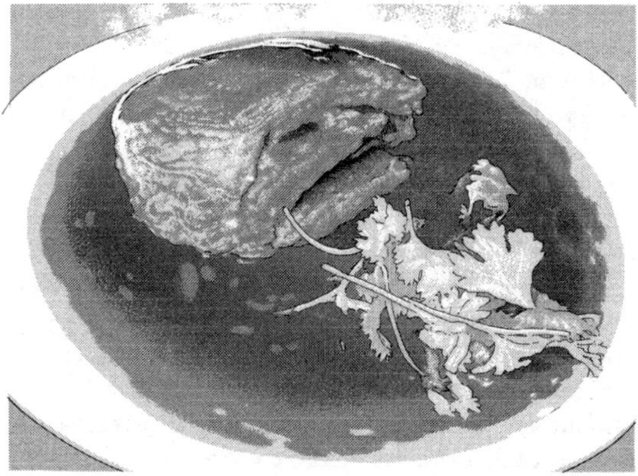

Bon appétit ! Restaurants d'entreprise

Juin – journée pluvieuse

Mon estomac gargouille. Je suis dans le quartier de Kioi, au siège de l'éditeur Bungeishunju. Après deux rendez-vous d'affilée, l'horloge indique midi et soudain, je meurs de faim. C'est alors que me vient une drôle d'idée :

« Je voudrais déjeuner dans votre restaurant d'entreprise. »

Le regard de mes interlocuteurs se fait fuyant. Après un bref silence, chacun tente de me dissuader :

« Il vaudrait mieux éviter… »

« Il y a plein de bons restaurants dans le quartier… »

Quand on essaie de vous entraver, vous vous débattez, c'est normal, non ? Ce midi, je mangerai au restaurant d'entreprise de Bungeishunju, un point c'est tout.

La cantine en sous-sol où l'on me conduit à contrecœur est déserte.

« Alors, le menu d'aujourd'hui… »

Mlle I., employée ici depuis treize ans, se précipite d'un air inquiet vers la vitrine où sont exposés les plats du jour.

Menu A : poulet sauté aux poules des bois

Menu B : pagre tête noire à la sauce piquante

Menu C : bol de riz garni d'un assortiment de tempuras

Ça a l'air plutôt bien, non ? En plus, pour les employés, chaque repas est subventionné à hauteur de 150 yens. Ce qui porte le menu à 480 yens ; de quoi se plaignent-ils ? Je récupère mon menu B tout en m'interrogeant. Parmi les cinq convives attablés avec moi, deux mangent ici une ou deux fois par mois, deux autres ne viennent plus depuis des années et un seul, largement minoritaire, y déjeune tous les jours. Notons au passage que le seul habitué (un homme) appartient au service des affaires générales, tandis que les quatre autres (un homme et trois femmes) sont des éditeurs aux horaires irréguliers. Quant à moi qui n'ai pas mis les pieds dans un restaurant d'entreprise depuis des lustres, je suis ravie de cette escapade.

Alors, ce menu B ? La tranche de pagre panée et frite est accompagnée d'une onctueuse sauce aigre-douce avec des oignons, des carottes et des pousses de bambou. Le poisson n'a pas beaucoup de goût, les pommes de terre du ravier de pot-au-feu *nikujaga* qui l'accompagne sont écrabouillées et noyées sous la sauce soja, mais pour 480 yens, il ne faut peut-être pas trop en demander. J'examine les lieux : dans la vaste cuisine, le personnel se contente de réchauffer les plats et de servir le riz. Bref, ici, on réceptionne et on réchauffe les repas livrés par une cuisine centrale.

C'est en 1987, à l'occasion de la construction du nouveau siège social, que le restaurant d'entreprise de Bungeishunju a changé de formule. Comme il n'était plus viable d'employer du personnel en cuisine, la gestion en a été totalement externalisée. Pendant que nous mangeons, quelqu'un lâche :

« … Avant, c'était bon, paraît-il. »

Ikejima Shinpei, quand il dirigeait la maison d'édition, s'activait souvent en cuisine, un torchon autour des hanches, dit-on. On raconte aussi que quand il est tombé malade, il a fait venir par deux fois à son chevet le chef cuisinier pour qu'il lui prépare ses *râmen* à la saveur inoubliable. On rapporte encore que le critique Ogiya Shôzô, qui trouvait « délicieux les *râmen* de la cantine de Bungeishunju », y avait amené exprès sa fille. Et enfin, que le bœuf en daube *hayashi* était tout aussi prisé.

A l'époque, le chef cuisinier était Kôno Akira (un ancien de la maison), en poste de 1966 à 1987. Comme il est justement dans les murs aujourd'hui, j'en profite pour le questionner : il m'explique qu'il préparait le bouillon des *râmen* en mettant à mijoter dans une grande marmite en inox, tôt chaque matin, des os de porc et des carcasses de poulet. Les nouilles étaient accompagnées de tranches de rôti de porc *châshû* maison, de pousses de bambou fermentées et d'épinards. Il faisait réduire la sauce demi-glace du bœuf *hayashi* pendant une semaine avant de la servir sur la viande coupée en fines tranches sautées avec des oignons… J'en salive rien qu'à l'écouter, tout en avalant mon menu B.

Voilà à quoi ressemblaient alors les menus :

12 août : poulet pané, *coleslaw* et pommes de terre au beurre

ou riz garni au poisson cru et aux légumes, brochettes froides au miso et pastèque

15 août : *scotch egg* sauce demi-glace, spaghettis et salade de légumes

ou hareng grillé à la lie de saké, haricots verts au sésame et mijoté de radis daikon au porc

Qu'en dites-vous ? On imagine aisément une assiette fumante de cette cuisine originale, préparée sur place, n'est-ce pas ?

« Qu'est-ce que j'aurais aimé pouvoir y goûter ! »

Tous repensent au bon vieux temps, aux saveurs passées de leur restaurant d'entreprise.

« Alors, madame Hiramatsu, c'était bon ? » me demande soudain Mlle I. tandis que nous buvons tranquillement une tasse de thé. Panique à bord !

C'était quoi, mon plat ?

Mon estomac ne gargouille plus, mais les saveurs d'il y a un quart d'heure à peine se sont envolées. Moi qui m'étais précipitée, pleine d'espoir, au restaurant d'entreprise, j'en suis pour mes frais. On ne peut pas gagner à tous les coups.

Juillet – chaleur terrible

Après ma mésaventure à Kioi, c'est vers le campus de Komagome de l'université de nutrition Kagawa que je me dirige, bien déterminée à tout reprendre à zéro. Ce bastion des études en nutrition a été fondé par Kagawa Shôzô et son épouse Aya, qui s'intéressaient à l'apport nutritionnel de notre alimentation, dans la restauration extérieure comme à la maison. La cantine de l'établissement est ouverte bien entendu au personnel et aux étudiants, mais aussi à tout un chacun, sans restrictions et pour le même prix.

Midi passé de deux minutes. Une foule d'étudiants à peine sortis de cours, auxquels se mêle le personnel, se presse dans les lieux. Deux menus – A et B – sont proposés, à 420 yens. Le riz coûte 80 yens et la soupe 50. Les raviers d'accompagnement sont à 100 yens pièce. Voici le menu du jour :

A : porc grillé au sésame et au miso, *kimpira* de légumes émincés (651 kcal, sel : 3,2 g, graisses : 22,3 g, protéines : 24,9 g)

B : morue frite et légumes en sauce, légumes verts à la moutarde japonaise (602 kcal, sel : 3,3 g, graisses : 13,1 g, protéines : 26,4 g)

Trois raviers d'accompagnement : pot-au-feu *niku-jaga*, potiron mijoté au lait et hors-d'œuvre d'aubergines. Riz germé et soupe miso au chou et aux champignons *shimeji*.

Le nombre de calories et la teneur en sel, bien entendu, ainsi que l'équilibre détaillé des quatre types de nutriments tel qu'il a été conçu par Kagawa Aya, sont affichés sur un panneau que les étudiants examinent avec attention. En effet, pour eux, le déjeuner aussi est un sujet d'étude. Je m'empresse d'acheter un ticket à la machine automatique pour commander mon repas.

Saveurs légères et portions raisonnables, voilà un déjeuner qui ne pèse pas sur l'estomac. De la cuisine familiale qui met en valeur le goût des aliments. L'employée de l'université qui m'accompagne – et qui déjeune ici tous les jours, sans faute – hoche la tête :

« C'est parce que les saveurs sont délicates qu'on ne s'en lasse pas. Au restaurant, les plats sont riches mais trop assaisonnés, ça donne soif. Les étudiants qui, à leur arrivée, trouvent que ce n'est pas assez relevé s'y habituent avant les grandes vacances. »

Découvertes au fil de la restauration collective :

1. Au quotidien, on ne se lasse pas des saveurs légères.

La diététicienne Tanaka Miwako, qui dirige les cuisines depuis quatre ans, a une lourde responsabilité :

« Chaque jour, j'ai la pression. Nous servons environ deux cent cinquante repas le midi et une trentaine le soir. Je m'efforce de concevoir des assaisonnements simples, mais ici, comme c'est une école, je me dois de montrer l'exemple aux étudiants. Le choix entre les deux menus doit rester un plaisir. Si on propose un menu occidental, l'autre sera japonais. Les raviers viennent compléter l'équilibre... C'est un sacré puzzle, chaque jour. »

L'activité ne dégage que peu de bénéfices, mais elle n'est pas externalisée. Et c'est parce que le personnel se démène pour proposer des menus équilibrés et exemplaires que beaucoup de gens du voisinage viennent manger ici.

« Nous avons un nonagénaire qui vient dîner en fauteuil roulant. Son petit-fils passe chercher le menu chaque semaine et d'après lui, son grand-père s'en fait toute une joie. »

Les étudiants du cours du soir, qui travaillent dans la journée, dînent en fin d'après-midi de deux raviers, d'un bol de riz et d'une soupe, le tout pour 330 yens. Ils avalent leurs plats sans traîner avant de filer en cours. Quand on mange ici, on a envie de dire : « Maman, merci pour ce bon repas. »

Juillet – grosse chaleur

En à peine une heure et demie, mille deux cents déjeuners écoulés ! Dans une entreprise qui a pour devise « On ne combat pas le ventre vide », les employés sont prêts à se transformer en guerriers.

Yokogawa est une grande entreprise d'électrotechnique qui met au point des appareils de mesure et de contrôle, des instruments pour l'aéronautique... bref, tout un tas de machines complexes auxquelles je ne comprends rien ; ça, je l'ai bien saisi. Les gens qui fabriquent toutes ces choses compliquées sont rassemblés au siège et à l'usine, situés à Mitaka. Les explications d'Ishikawa Yasuko, des relations publiques, sont en revanche tout à fait limpides :

UNIVERSITÉ DE NUTRITION KAGAWA

MENU A
MENU B
PLAT PRINCIPAL
CHOISISSEZ ENTRE A ET B

MENU A + UN RAVIER = MENU C
MENU B + UN RAVIER = MENU D

RAVIER SUPPLÉMENTAIRE DES MENUS C ET D
CHOISISSEZ PARMI LES PLATS CI-DESSOUS

A LA CARTE

ROULEMENT ENTRE :
SOBA À LA CHINOISE
UDON
SPAGHETTIS

« Parmi nos quelque vingt mille employés, environ quatre mille travaillent ici. Nous avons deux restaurants d'entreprise, qui servent mille deux cents repas le midi pour l'un et mille trois cents pour l'autre. Neuf cents personnes achètent des bentos et une centaine des sandwichs. Les cinq cents autres déjeunent à l'extérieur ou apportent leur propre bento. »

Yamauchi Akinobu, des affaires générales, poursuit :

« Nous souhaitons avant tout que nos employés travaillent dans de bonnes conditions. Comment s'assurer qu'ils se nourrissent correctement ? Comment améliorer leur alimentation chaque jour ? Telles sont les questions que nous nous posons, en tant qu'entreprise. »

Ce n'est pas pour rien que Yokogawa a récemment brillé au troisième rang du palmarès des « entreprises où il fait bon travailler au Japon » publié par un magazine économique ; les bases sont solides. A onze heures cinquante, je pousse timidement la porte du *Marché*, l'un des deux restaurants d'entreprise.

Instinctivement, j'esquisse un mouvement de recul. Le vaste étage de cette ancienne usine est pris d'assaut. Derrière la foule, un bar à salades ; un comptoir qui propose les quatre menus du jour ; un stand pour les raviers d'accompagnement, d'autres pour le pot-au-feu au poisson, les bols de riz garni, le curry, le pain frais, les *onigiri*, les nouilles, les pâtes… On se croirait à Disneyland ! Mais nulle part de longue file d'attente. La pause déjeuner des employés est répartie en deux groupes horaires et, en cuisine, le personnel est nombreux. De plus, les lieux sont conçus de telle sorte que les files d'attente avancent à un bon rythme ; les mille deux cents repas sont vite écoulés.

Ce jour-là, menu spécial Tanabata pour la fête des étoiles, le 7 juillet : beignets de fruits de mer et de légumes, 380 yens. Dans la soupe, de fines nouilles *sômen* blanches figurent la Voie lactée tandis qu'une rondelle de gombo joue les étoiles.

« Nous attachons une importance particulière aux menus de saison et aux menus de fête. Pour célébrer l'accession de notre équipe de rugby à la Top League, nous avons proposé deux cents menus spéciaux à 550 yens. C'était un steak haché en forme de ballon recouvert de sauce demi-glace et de fromage ; tout est parti. »

Ces précisions sont fournies par Takeuchi Akiko, véritable éminence grise qui s'occupe tant des projets ponctuels que de la gestion quotidienne des restaurants de l'entreprise, main dans la main avec les affaires générales. Loin de s'en remettre au prestataire choisi grâce à un appel d'offres régulièrement renouvelé, elle lui transmet au quotidien les souhaits des employés, faisant ainsi des cantines un rouage à part entière de l'entreprise. Et c'est ici que je me trouve aujourd'hui. Après avoir scruté les lieux, je décide de mon menu :

Brochette de boulettes de hachis de poulet mijotées aux vermicelles ; hors-d'œuvre de corète potagère ; fricassée d'algues *hijiki* ; une boulette de riz enveloppée de tofu frit ; un petit bol de riz aux cinq céréales (ma gourmandise me coûte 515 yens).

Pour M. Yamauchi des affaires générales, ce sera des nouilles froides avec un œuf mollet, du rôti de porc *châshû*, des pousses de bambou fermentées et de la ciboule, ainsi qu'une boulette de riz enveloppée de tofu frit et un *onigiri* (470 yens). Mme Ishikawa des relations publiques prend un gratin de riz et une salade, avec une crème caramel en dessert (610 yens).

Près de quatre-vingts mets différents sont proposés, bien assaisonnés et copieux, et de nouveaux plats ajoutés en permanence ; tout est prévu pour contenter mille deux cents clients. Et les tarifs sont bon marché. Manger tous les jours à la cantine coûte environ 8000 yens par mois, m'informe-t-on ; je n'en reviens pas. Apprendre que la durée moyenne de la carrière chez Yokogawa s'établit à 19,4 ans m'étonne beaucoup moins ! Avec une telle cantine, on y réfléchit à deux fois avant de démissionner.

Découvertes au fil de la restauration collective :

2. Après un bon déjeuner, les employés travaillent mieux l'après-midi, donnant tout son sens au restaurant d'entreprise.

Juillet – chaleur accablante

« Ouh là là, je suis vraiment nerveux, là. »

Le jeune Y., fort de vingt ans de carrière chez Bungeishunju, a les muscles des joues qui tressautent. Il y a de quoi : nous voilà chez l'éditeur Shinchosha, à Yaraichô.

SHINCHOSHA
EN MOYENNE, 260 REPAS PAR JOUR
LA SOUPE MISO EN DIT LONG SUR LE RESTAURANT D'ENTRE-PRISE.
VOILÀ,
UNE PORTION GÉANTE DE RIZ.
FRICASSÉE DE LAMELLES DE DAIKON SÉCHÉ
SOUPE MISO AUX ALGUES *WAKAME* ET AU TOFU
CHIKUWA FRIT AUX ALGUES
POTIRON MIJOTÉ
OMELETTE JAPONAISE
MENU GRILLADE DE SAUMON AU SEL, 200 YENS
GRILLADE DE SAUMON AU SEL

« C'est la première fois que je viens ici. Dire que je commence par la cantine… »

Désolée de vous avoir attiré dans ce guet-apens. Mais tester la cantine de la concurrence, ça fait envie, non ? Connais le restaurant d'entreprise de ton ennemi et tu te connaîtras toi-même…

« Ce n'est pas en ressassant le bon vieux temps à Kioi que vous forgerez un avenir meilleur », lui dis-je avant d'entrer dans le réfectoire en sous-sol du siège de Shinchosha.

C'est comme un coup de poing dans l'estomac. Au mur, un gigantesque poster : *On n'est pas gros pour la vie !* La fière silhouette de l'auteur – son livre s'apprête ce mois-ci à dépasser les quatre cent mille exemplaires – exhibant avec satisfaction son pantalon devenu bien trop grand nous saute aux yeux. Les traits du jeune Y. se figent. L'objectif serait-il de motiver les troupes ? Peu importe, l'essentiel est que nous puissions déjeuner ici.

Le plat principal de ce vendredi : grillade de saumon au sel. Voyons le menu de la semaine : lundi, bol de riz garni de viande grillée ; mardi, curry de thon ou nouilles de sarrasin aux plantes sauvages et au daikon râpé ; mercredi, riz sauté au crabe ; jeudi, steak haché en sauce. Chez Shinchosha, c'est plat unique, au tarif imbattable de 200 yens. L'entreprise contribue pour sa part à hauteur de 175 yens.

Impressionnant ! A mes côtés, le jeune Y. a lui aussi les yeux qui lui sortent des orbites. Tout ça pour 200 yens ? Grillade de saumon au sel. Omelette japonaise. Fricassée de lamelles de daikon séché. Potiron mijoté. Pâte de poisson *chikuwa* frite aux algues. Soupe miso aux algues *wakame* et au tofu. Riz et légumes en saumure. L'assaisonnement est un peu trop relevé, mais on sent bien que les préparatifs ont demandé un travail soigneux.

A midi passé, toutes les tables sont occupées. Dans la cuisine ouverte, c'est le coup de feu. Les deux cuistots répondent aux ordres du chef Aoki Shigeyuki, quarante et un ans, un ancien de la brigade de cuisine chinoise du célèbre restaurant *Tokyo Kaikan*, arrivé il y a sept ans.

« Nous n'utilisons ni produits surgelés, ni plats préparés, ni exhausteurs de goût. Le bouillon pour la soupe miso est confectionné en mettant à tremper des copeaux de bonite et des sardines séchées avec de l'algue *kombu*. Et puisque la cuisine est ouverte, comme vous le voyez, les employés peuvent nous interpeller directement. Ils nous disent par exemple "c'était bon aujourd'hui" ou "c'était un peu trop salé". C'est très stimulant. On est motivé d'une autre façon que dans un restaurant. »

Deux cent soixante repas par jour en moyenne. Dans un restaurant, chaque assiette doit être délicieuse, mais dans un restaurant d'entreprise où la clientèle arrive d'un coup pour un laps de temps très court, il faut avoir préparé de grandes quantités de nourriture. M. Aoki goûte régulièrement les plats, rectifie l'assaisonnement de la soupe miso en y ajoutant du bouillon léger préparé à cet effet.

Découvertes au fil de la restauration collective :

3. La soupe miso, fondement de la cuisine familiale et collective, en dit long sur le restaurant d'entreprise.

« Quand on prépare de telles quantités, les saveurs ont tendance à se dégrader, explique-t-il. Chaque jour, j'apprends quelque chose de nouveau. Nourrir les gens tous les midis, c'est une énorme responsabilité. »

Le plus grand problème à l'heure actuelle, c'est qu'à la fin du mois, les menus s'appauvrissent. Je le tiens de sources bien informées qui considèrent que « juste un plat de riz sauté, c'est tristounet » ou s'étonnent du « gratin de crevettes servi avec du riz et de la prune séchée » (200 yens seulement, et ils se plaignent encore !).

« Je ne pensais pas que c'était si évident, s'attriste M. Aoki. Aïe... Mais je préfère le savoir. »

Dans la cantine de Shinchosha règne une atmosphère vraiment familiale. Le déjeuner fini, les gens restent là à boire un café ou fumer une cigarette en bavardant tranquillement, détendus. C'est qu'ils se sentent bien.

Tiens ? Je jette un coup d'œil sur le côté, car le jeune Y. est bien silencieux. Qu'est-ce qu'il lui arrive, ça n'a pas l'air d'aller ?

« Je suis dégoûté (larmes de dépit). »

Juillet – chaleur de plomb

Découvertes au fil de la restauration collective : 4. La cantine est le miroir de l'entreprise.

En plus de remplir l'estomac de leurs employés, certaines entreprises font de leur restaurant un outil de responsabilité sociétale. C'est le cas du groupe de cosmétiques Pola.

Le mouvement *Table for two* (TFT, « une table pour deux »), né au Japon, ambitionne de répondre tant aux problèmes d'obésité et de maladies liées au mode de vie dans les pays industrialisés qu'à la malnutrition dans les pays en développement. Le système consiste, pour chaque repas peu calorique (environ 730 kcal) et riche en légumes, à faire un don automatique de 20 yens. Ce montant correspond au coût estimé d'un repas à la cantine scolaire dans les pays en développement. Depuis un an, Pola propose tous les vendredis un menu TFT.

Le menu TFT de ce vendredi est une « assiette de riz *jako* aux dix ingrédients, saumon grillé au sel et soupe aux boulettes de poisson », 753 kcal, 290 yens. Les dix ingrédients du riz *jako* sont des germes de blé, du soja, des carottes, du tofu frit, des fèves de soja vert, des algues *hijiki*, des shiitakés, des fanes de daikon, des alevins de sardines et du sésame blanc. Non seulement c'est diététique, mais quand on pense au temps et au coût que cela représenterait de réunir tous ces ingrédients soi-même, c'est un véritable luxe. Il règne dans le réfectoire un sympathique fumet de soupe aux boulettes de poisson. Cette riche odeur de plat longuement mijoté vous fait pousser des ailes, on se sent tout à coup bienheureux.

C'est Nonaka Asami, diététicienne chez Chûô Green House, qui gère la « table pour deux », ainsi que le restaurant d'entreprise dans son ensemble. Elle décide des menus en accord avec le service des ressources humaines.

« On aura beau proposer un menu diététique et socialement responsable, si ce n'est pas bon, personne n'en voudra. Chaque vendredi, je m'arrache les cheveux. Depuis que nous avons institué le menu TFT, je ne cesse de me demander comment remplir ces critères : un nombre réduit de calories et beaucoup de légumes… »

Un exemple de menu pensé pour les jeunes employées sourcilleuses sur les saveurs, et qui a rencontré un franc succès : algues *mekabu* râpées, baies de goji, *râmen* « beauté » au sésame blanc et pot-au-feu coréen de légumes. Le vendredi, tout est fait pour que le plus grand nombre possible de personnes choisissent le menu TFT. Le combat solitaire de Mme Nonaka est sans fin.

« Ah, le PDG ! » s'écrie-t-elle.

M. Suzuki, qui porte une élégante chemise rose, déjeune tous les jours à la cantine. Vous savez, patron, le menu TFT d'aujourd'hui a peut-être l'air un peu rébarbatif, mais plus on mastique et plus les saveurs se déploient, et la soupe aux boulettes bien chaude est apaisante... Ah, zut ! Il a filé tout droit faire la queue au stand de nouilles.

« ... Il aime beaucoup les nouilles. »

Monsieur Suzuki, je vous en prie, faites une exception, rien que le vendredi ! 145 menus TFT auront été écoulés ce jour-là, soit 2 900 yens de dons.

Juillet – journée d'une chaleur écrasante

Des flammes s'élèvent au cœur du bastion des ouvriers du *Bateau-usine*.

Sidérée, je contemple bouche bée le feu d'un rouge ardent. Quelle énergie dans cette cuisine !

Peu après midi, les quelque cent cinquante places de la cantine du siège du Parti communiste, au troisième étage de l'immeuble de Yoyogi, sont pris d'assaut. Je fais la queue pour me servir quand soudain, en cuisine, de hautes flammes jaillissent d'un énorme wok. C'est une femme qui manie la poêle où reviennent des légumes. Son énergie fouette mon appétit.

Les deux menus à 420 yens, dont environ 350 assiettes sont écoulées chaque midi, ont aujourd'hui pour plat principal un gratin au saumon et des légumes sautés.

« On le fait exprès. Du steak un jour, des petites sardines séchées grillées avec du radis en saumure le lendemain, ou une poêlée de cuisses de grenouilles à l'ail et au beurre. On prépare des plats sautés tous les jours, pour surprendre les clients, les faire hésiter ; et puis c'est amusant, ça les fait parler entre eux. Quand c'est les sardines grillées, tout le monde se jette dessus », rigole Takatsuka Ikuo, le directeur adjoint de la cantine.

Même pour un simple sauté de légumes, voir les flammes danser suffit à vous mettre l'eau à la bouche. Bien entendu, les légumes sont croquants à souhait. La soupe miso connaît elle aussi des variations : miso de blé ou miso rouge, bouillon aux copeaux de bonite ou à la sardine séchée, voire au poisson volant grillé… M. Takatsuka aime sortir des sentiers battus.

« Quand on fait mouche, on voit une foule de visages souriants, et les conversations vont bon train. L'atmosphère est moins gaie quand on rate notre coup. Pouvoir constater les réactions de visu est motivant pour cuisiner encore mieux. »

Découvertes au fil de la restauration collective :
5. Une cantine animée, c'est la base.

Afin de proposer des plats confectionnés à la demande, quinze personnes officient en cuisine, plonge comprise. Une brigade de choc qui ne s'est pas constituée en un jour.

« A l'époque du Traité nippo-américain de coopération mutuelle et de sécurité, en 1960, quand le parti s'apprêtait à se lancer dans la bataille, les épouses se sont mises à cuisiner sur place pour ceux qui travaillaient ici. C'est le point de départ de notre cantine », m'explique Hayashi Michifumi, attablé avec moi. Il est membre du Comité central du Parti communiste japonais, directeur adjoint à la trésorerie et aux affaires générales, et aussi responsable des affaires sociales.

« Le secrétaire général Miyamoto, de son vivant, était toujours très attentif aux employés de la cantine ; comme ils travaillaient beaucoup les mains dans l'eau, il les a équipés en machines. On a acheté des autocuiseurs à riz, des lave-vaisselle, etc., amélioré progressivement tout ce qui pouvait faire gagner du temps et faciliter le travail, jusqu'à en arriver à la cantine actuelle. »

Le restaurant ne peut pas se permettre de fonctionner à perte, mais pour autant, il n'est pas question de gagner de l'argent. Parce que nous sommes tous des camarades, souligne M. Hayashi. Je balaie du regard la salle à manger animée : Ichida Tadayoshi, secrétaire général, et Shii Kazuo, président du parti, avalent côte à côte leurs légumes sautés. Soit dit en passant, j'ai demandé, de la même façon, à visiter la cantine du Parti libéral-démocrate. On m'a opposé une fin de non-recevoir, arguant de « l'impossibilité d'accéder à une demande sans précédent et potentiellement inéquitable ».

MENU GRATIN DE SAUMON, 420 YENS
(SIÈGE DU PARTI COMMUNISTE)

Août – journée de grande chaleur

Quelques minutes avant midi. Les énormes rotatives de l'imprimerie se mettent soudain en branle, dans un grondement assourdissant, pour imprimer le premier tirage de l'édition du soir du *Ryûkyû Shimpô*. L'encre vive fait rutiler le titre en une :

Remaniement ministériel : M. Aso nommé secrétaire général du PLD

Au même moment, au premier étage de l'immeuble, c'est le coup de feu dans le restaurant d'entreprise *Rocky*.

« Dire que nous sommes à Okinawa… » murmure le jeune Y., le regard lointain.

Désolée de vous avoir invité une nouvelle fois, alors que les larmes de dépit versées à Yaraichô étaient encore fraîches sur votre visage. Mais figurez-vous que j'ai entendu dire que la cantine du *Ryûkyû Shimpô* était fantastique. Allez, mangez tant que c'est chaud.

Bon appétit !

Le jeune Y. a pris un menu spécial été : du *gôyâ chanpurû* – un sauté de margose – et moi un menu soupe miso, 450 yens chacun. La margose est un légume estival typique d'Okinawa. La soupe miso riche en ingrédients de toutes sortes, accompagnée d'un bol de riz, est une autre spécialité locale. L'assaisonnement comme le volume des portions rappellent les repas servis dans les petits restaurants d'autrefois. Les saveurs, légères mais construites sur un solide bouillon, attisent l'appétit. Egalement au menu : *taco rice* (la garniture d'un taco présentée sur un lit de riz), sauté de tofu, sauté de pâte de gluten, nouilles d'Okinawa, *corned pork* et œufs brouillés… rien que des saveurs locales. Il en va de même pour le menu du jour : la veille, c'était un sauté *chanpurû* et une soupe aux tripes.

« Il y a toujours eu un tas de petites gargotes à Okinawa où l'on servait de la cuisine typique. Mais aujourd'hui les restaurants sont plus nombreux et ça devient difficile de manger traditionnel. Du coup, le service des affaires générales nous a demandé de mettre le paquet sur les plats du cru », m'explique le gérant, Takamiyagi Mitsuhide.

Voilà un an qu'il a repris la gestion du restaurant d'entreprise du *Ryûkyû Shimpô*, qui avait alors très mauvaise réputation. Quand on interrogeait la clientèle, les réponses se réduisaient en substance à « ce n'est pas bon », « nourriture froide », « maigre choix »,

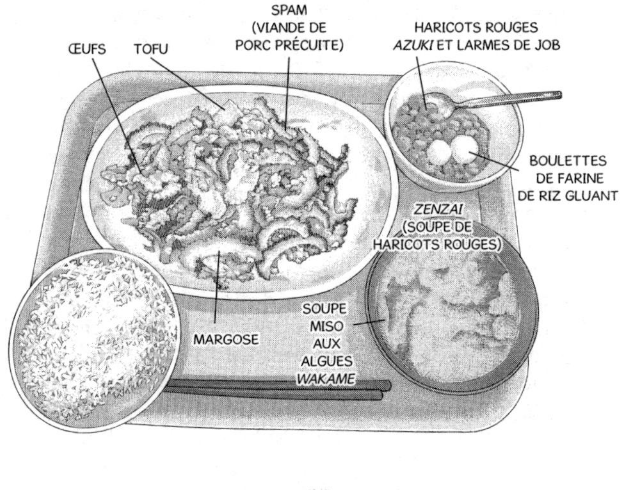

MENU *GÔYÂ CHANPURÛ*, 450 YENS (*RYÛKYÛ SHIMPÔ*)

« nombreux plats tout préparés »... On n'y servait que soixante-dix à quatre-vingts couverts par jour. Excédé, Ketashiro Kenji du service des affaires générales (aujourd'hui directeur du bureau du Chûbu) s'est chargé de le réformer, ce pour quoi il a fait appel à M. Takamiyagi du *Rocky*. Aujourd'hui, la fréquentation a plus que triplé, avec plus de deux cent cinquante repas par jour. Les bénéfices ont vite été au rendez-vous.

La première étape a consisté à préparer chaque plat à la demande. Lorsque vous passez commande au comptoir de la cuisine, on vous remet un numéro qu'on appelle au micro quand votre assiette est prête, pour que vous veniez la récupérer. L'approvisionnement en eau a également été renouvelé car, à Okinawa, l'eau du robinet est calcaire; désormais, pour la cuisson du riz et la cuisine, une eau plus douce est utilisée. Le riz, lui, est sans faute du riz nouveau. Et pour éviter la lassitude, vingt menus sont proposés en permanence.

« Ceux qui viennent ici sont des employés de la maison, mais ce sont aussi nos clients, souligne M. Takamiyagi. Le défaut que j'ai noté dans de multiples restaurants d'entreprise, c'est que quand on cuisine en grande quantité, le goût en pâtit. Donc, ici, même si vous venez à cinq, on prépare chaque assiette séparément. Et le gérant, c'est-à-dire moi, ne se contente pas de diriger son affaire de loin : je viens tous les jours tester un menu différent. Il faut être convaincu de la saveur des plats que l'on sert. »

Aux fourneaux, Matsumoto Reona, vingt-neuf ans, débauché il y a un an des cuisines d'un hôtel. Ce passionné de pêche affiche un bronzage parfait.

« Moi, je ne cuisine pas en me disant qu'ici, c'est une cantine. Plutôt un petit restaurant de quartier, s'il faut vraiment mettre une étiquette dessus. Parfois, pour les habitués qui viennent en fin de journée, je prépare des plats qui ne sont pas au menu. La clientèle a le palais fin et ne se prive pas de faire des commentaires – le riz est trop ferme, les portions trop copieuses –, ce qui me permet de rectifier le tir instantanément. Les restes aussi sont une indication. Quand il y en a beaucoup, c'est que l'assaisonnement n'était peut-être pas le bon. »

Pâtes à la japonaise, nouilles *champon*, omelette fourrée au riz et au fromage, riz au curry et au porc pané… nombre de plats au menu sont des premières pour lui, en réponse aux demandes de la clientèle. C'est un plaisir, en tant que cuisinier. Mais il lui faut également surmonter certains problèmes. Le prix des aliments et des condiments flambe : par exemple, le bidon d'huile est passé de 1 200 à 4 700 yens. En concertation avec le service des affaires générales, les tarifs du restaurant d'entreprise ont augmenté au mois de juin de 30 à 50 yens, selon les plats.

Découvertes au fil de la restauration collective :

6. C'est la trilogie entreprise-cuisine-employés qui fait le goût du restaurant d'entreprise.

Les yeux sur la nationale 58, artère vitale de l'île principale d'Okinawa, je savoure ma soupe miso brûlante à s'en ébouillanter le gosier. L'œuf mollet bien coulant et les gros morceaux de tofu signalent qu'ici, on est au *Ryûkyû Shimpô*. A côté de moi, le jeune Y. – qui en a profité pour vider un bol de nouilles d'Okinawa en plus – se frotte l'estomac, tout somnolent. Le ciel estival d'Okinawa, d'un bleu éclatant, emplit la fenêtre.

Inoubliables omelettes fourrées au riz

Quand je prépare de l'omelette japonaise, je marche toujours sur des œufs.

J'en utilise cinq, juste la bonne quantité pour ma poêle spéciale *tamagoyaki*. Je prépare une omelette rectangulaire bien épaisse, à manger en deux fois. Je casse les œufs un à un, crac, crac et crac – et au quatrième, j'hésite.

Est-il bien raisonnable d'utiliser cinq œufs d'un coup ?

Ne serait-ce pas trop luxueux ?

Trop dépensier ?

Je ne suis pourtant pas née pendant la guerre, mais les œufs, ça m'intimide. Casser des œufs à profusion me semble un signe d'opulence coupable.

Le bon nombre, c'est sans doute un par personne. Qu'on les prépare au plat, durs ou brouillés, un chacun, c'est la quantité adéquate, rassurante. Pour les omelettes, on peut passer à deux. Parce qu'avec un seul œuf, c'est un peu maigrelet et il n'y a rien de plus triste qu'une omelette toute ratatinée, sans forces. Une omelette, ça doit être bien gonflé, généreux.

Le jaune tendre des œufs, leur pellicule lisse et bombée suffisent à nous remplir de bonheur. Un petit coup de mou ? Qu'on nous serve en silence une omelette fourrée au riz bien ventrue et nous voilà prêts à verser une larme, les épaules tremblantes, devant cet *omu-rice*.

Inoubliables omelettes fourrées au riz.

L'*omu-rice* a une générosité qui rend les gens heureux. Une gentillesse, une bienveillance.

« Quand j'étais gamin, pour mon repas d'anniversaire, je demandais toujours une omelette fourrée au riz. Ce jour-là, j'avais le droit de l'arroser d'autant de ketchup que je voulais », m'a un jour avoué un homme, le regard lointain.

Il avait beau avoir la cinquantaine bien tassée et des cheveux blancs, il repensait avec nostalgie à cette saveur impérissable de la cuisine maternelle. Je le comprends. Fort bien, même. Parce que j'en faisais autant.

Pendant plusieurs années, quand j'étais écolière, j'ai demandé sans faute à ma mère de l'*omu-rice* pour mon anniversaire. Elle préparait une fine omelette ronde qui remplissait toute la poêle, qu'elle déposait ensuite sur une montagne de riz au ketchup et au poulet, sans la déchirer, avant d'en arranger délicatement les bords.

« C'est prêt ! »

Il y avait ma part, et celle de ma petite sœur. Les deux monts jaunes dans nos assiettes alignées formaient un spectacle d'exception. Dessus, une énorme spirale de ketchup rouge ourlée de pétales – le bon point décerné aux meilleures notes à l'école. C'était grisant, et il me fallait du courage pour y plonger ma cuillère et détruire ce bel ordonnancement. Pour mon anniversaire, je ne voulais ni *chirashi-zushi* ni steak haché, mais de l'*omu-rice*. Cela me plongeait dans une extase extraordinaire. C'est cette omelette qui va bientôt m'être servie.

Taimeiken, à Nihonbashi. Brûlant d'envie de savourer une omelette fourrée au riz, j'ai sauté dans le métro, franchi les portillons en toute hâte et me voilà devant le restaurant, le souffle court.

Mais quelle longue file d'attente ! Rien d'étonnant, car chez *Taimeiken*, tout le monde vous le dira, l'*omu-rice* est LA spécialité, le mets pour lequel, j'en suis convaincue, une telle foule se presse ici. Soudain, je vois dans tous ces gens des compagnons d'armes. Le jeune Y. que j'ai entraîné dans ma quête, sa collègue Mlle Y., amatrice d'omelette, et moi-même tendons, nous aussi, vers le même but.

Ça fait longtemps que je n'en ai pas mangé. Quel plaisir ! s'exclame Mlle Y.

— C'est un de mes plats préférés depuis que je suis tout petit. Et puis, j'adore les œufs… » renchérit le jeune Y.

Nous patientons en l'écoutant nous raconter ses souvenirs d'enfance. L'œuf cru sur un bol de riz, dont il raffolait. L'anecdote que relatait son père chaque fois qu'il était pompette, à propos d'un voisin qui, pendant la guerre, lui avait cédé des œufs, un geste qu'il n'oublierait jamais… Nous répondons d'un mot par-ci par-là à l'infinité de souvenirs ovifères du jeune Y. jusqu'à ce que, enfin, notre tour arrive.

Treize heures vingt. Le restaurant est plein comme un œuf. Nous prenons place à notre table et je balaie discrètement du regard les alentours… J'avais vu juste : les deux messieurs à ma droite mangent une omelette fourrée au riz ; dans les assiettes du couple à ma gauche, un bœuf en daube *hayashi* pour elle et un *omu-rice* pour lui. Encore un pour l'homme seul derrière eux. Et derrière encore… Chez *Taimeiken*, le midi, c'est la fête de l'omelette fourrée au riz.

Dans cette vénérable maison fondée en 1931, que ce soient les croquettes panées, celles au bœuf ou le sauté de porc, toute la large palette de plats traditionnels

TAIMEIKEN, NIHONBASHI (TOKYO)

d'inspiration occidentale est digne de confiance. Ce souci constant de proposer de la qualité à des prix raisonnables m'impressionne à chaque visite. Par les temps qui courent, le bortsch mythique comme la salade *coleslaw* sont toujours à 50 yens ! Certains clients dégustent des croquettes de crabe à la crème ou un bifteck, mais c'est tout de même l'omelette fourrée au riz qui emporte l'adhésion, et de loin.

Seulement, ici, ce plat est bien plus élaboré qu'il n'y paraît. Ouvrons le menu :

Omu-rice, 1 650 yens
Omu-rice au bœuf en daube *hayashi*, 1 850 yens
Omu-rice aux crevettes Shiba, 1 850 yens
Omu-rice au bœuf et à l'ail, 1 850 yens
Omu-rice tampopo à la Itami Jûzô, 1 850 yens
Omu-rice tampopo au bœuf, 2 550 yens

Six propositions différentes en tout. Là où les avis divergent, c'est entre l'omelette fourrée classique et la version *tampopo*, où l'on incise soi-même l'omelette baveuse posée sur le riz au ketchup.

« Oh là là, on ne sait pas quoi choisir !

— On a envie de goûter à tout. »

Rongés par la gourmandise, nous finissons par nous décider sans rien céder. Ce sera un *omu-rice* pour le jeune Y. dont c'est la première visite chez *Taimeiken*, un *omu-rice* au bœuf pour Mlle Y. et un *omu-rice tampopo* pour moi. De toute évidence, trois plats différents pour mieux partager et goûter à chacun.

Ah, ce jaune d'or sur les tables à notre droite et à notre gauche, comme il est éblouissant ! Je ne peux m'empêcher d'observer, en retenant mon souffle, le mouvement de la cuillère qui plonge dans le dôme généreusement renflé de l'*omu-rice*. Arrête, c'est mal élevé ! J'ai beau me morigéner, je me surprends à nouveau les yeux sur l'assiette d'autrui. Nous sommes tous les trois distraits.

« Messieurs dames ! »

Au son de cette voix longuement attendue, je reprends mes esprits. C'est l'*omu-rice* du jeune Y. qui fait son apparition en premier. Sur l'assiette blanche, un lumineux soleil jaune brille de tous ses feux, comme pour un jour de fête. Par pur réflexe, le jeune Y. serre la main autour de sa cuillère. Il est dans les starting-blocks. L'omelette toute chaude et moelleuse est ce qu'il y a de meilleur. Mangez sans tarder !

« Allez-y, je vous en prie. »

A peine a-t-il arrosé son plat de ketchup que l'*omu-rice* au bœuf et l'*omu-rice tampopo* nous sont servis. Nous retombons tous les trois en enfance.

L'*omu-rice* est un magnifique fuseau fait d'une omelette fine drapée sur du riz au ketchup, au jambon et à l'oignon, le tout arrosé de ketchup à volonté avant de le déguster – c'est un grand classique. L'*omu-rice tampopo*, pour sa part, est un véritable spectacle d'entrée de jeu : une omelette normale juchée sur un monticule de riz au ketchup agrémenté de poulet, d'oignons, de champignons et de petits pois. La surface de l'omelette palpite et oscille tant et plus. Et quand on l'entaille du bout de la cuillère… le contenu baveux se répand. Il faut inciser l'omelette sur toute sa longueur, sans pitié, pour la déplier.

Serais-je un seigneur sanguinaire en train d'abuser d'une fraîche jeune fille ?

Alors que l'omelette dévoile son sein, je réalise que je fais fausse route : une mer de jaune d'œuf baveux se répand, engloutissant le riz au ketchup, et c'est à perte de vue une marée jaune, d'où surgit un univers féerique pareil à un champ de fleurs. Je jette un regard à mes compagnons de table : ils sont déjà plongés dans leur monde. Tout comme moi.

L'*omu-rice tampopo* est arrivé au menu à l'occasion d'une collaboration pour le tournage de *Tampopo*, le deuxième film réalisé par Itami Jûzô. Cette scène, quelle puissance ! Un vagabond (incarné par Takami Ei), ancien cuistot, s'introduit par effraction dans les cuisines d'un restaurant en pleine nuit. La cuisine, ça ne s'oublie pas, dirait-on. Il se sert dans le réfrigérateur, émince d'une main sûre les ingrédients qu'il y a trouvés et les fait revenir pour préparer du riz au ketchup. Il s'empresse de casser des œufs, de les battre et d'en faire, avec un art consommé, une omelette qu'il dépose sur le riz. Et quand il y plonge son couteau…

Il n'y a que chez *Taimeiken* qu'on goûte à cette joie. Le jaune, puis le rouge du riz, sur lequel on verse encore du ketchup rouge vif : la cuillère cueille les trois d'un coup pour les porter à la bouche. Le jaune d'œuf baveux se mêle au riz en une étreinte indicible sur le palais, qui vous laisse pantois ; mais ce n'est pas le moment de céder au trouble. Jetez-vous-y à corps perdu, embrassez la volupté.

« Ahhh… »

Le jeune Y., les joues roses, suspend son mouvement, cuillère en l'air. Je baisse les yeux vers son assiette : elle est déjà à moitié vide.

« Comment ça peut être aussi bon ? C'est incroyable. »

Avec chaque cuillerée, tout s'accélère. L'*omu-rice* recèle, à vrai dire, son lot de variations. A l'extrémité du fuseau, on goûte aux saveurs de l'œuf en soi. Au fur et à mesure qu'on progresse vers la droite, l'équilibre entre œuf et riz évolue, tout comme les saveurs. Quand on arrive à la zone recouverte de ketchup, l'aigre-doux prend le dessus. Devant le jeune Y. retombé en enfance, impossible de réclamer une bouchée de son plat.

« Quel bonheur ! ne cesse de répéter Mlle Y. Entre les morceaux de viande et les grains de riz, l'intérieur est délicieux. Et le tout est enveloppé d'œuf, quel luxe ! Et puis, ce petit goût de beurre… » Pour finir, elle a une formule extraordinaire qui vient couronner cette série de remarques fort justes : « Personne ne pourrait rompre devant un plat d'*omu-rice*. »

Une jovialité à toute épreuve, soutient-elle, capable de faire du pire des moments un bonheur, voilà la véritable force de ce mets.

Treize heures quarante-cinq. Chacun a vidé son assiette d'une traite.

Sur le chemin du retour vers la station de métro, le jeune Y. repu m'interroge, soudain grave :

« Juste après avoir fini, j'avais l'impression que j'aurais pu en avaler une deuxième assiette. Mais là, j'ai vraiment le ventre plein. A votre avis, combien d'œufs utilisent-ils ? »

C'est exactement ce à quoi je pensais. Sûrement pas deux. Trois, peut-être ? Non, si ça se trouve… Crac, crac, crac : le craquement des coquilles qu'on brise résonne dans ma tête et, dans le métro qui s'est mis en branle, mon imagination bouillonne. Un jour, il me faudra en avoir le cœur net.

Tourner au coin du grand magasin Daimaru de Shinsaibashi à Osaka, puis continuer tout droit. Il me semble bien que c'était par là.

Je regarde autour de moi et, oui ! Les caractères blancs se détachent nettement sur l'enseigne bleue : *Meijiken*.

Maison fondée en 1926 – le goût de Naniwa

C'est en 1962 que le restaurant de cuisine occidentale *Meijiken*, tenu depuis toujours par la même famille, s'est installé à Shinsaibashi. La maison continue à faire florès, ce qui me ravit. Aujourd'hui, j'ai pris exprès le Shinkansen jusqu'à Osaka, autrement appelé Naniwa, pour manger de l'*omu-rice*.

« Tout de même, vous ne trouvez pas qu'on exagère un peu ? » s'est inquiété le jeune Y. dans le siège voisin du mien alors que notre Shinkansen entrait en gare de Shin-Osaka à midi pile. Hum. Vous faites erreur, cher ami. Je réplique sans hésiter :

« Ecoutez-moi bien. Si on veut comprendre l'*omu-rice*, il y a à Shinsaibashi des saveurs qu'il faut absolument avoir goûtées. Nous n'exagérons rien, nous célébrons l'omelette fourrée au riz. »

Dans le quartier de Minami à Osaka, là où rivalisent les restaurants à l'occidentale les plus réputés, l'omelette fourrée au riz de *Meijiken* suit sa propre voie gustative. Le riz à l'intérieur est dépourvu de garniture, malgré le soin et le temps inouïs que demande sa préparation. Et pourtant, la saveur en est inoubliable. Pour preuve : chaque jour, plus de cinq cents assiettes en sont servies. Moi non plus, je n'ai jamais oublié le goût de l'*omu-rice* de *Meijiken*. C'est bien pour cela qu'il me faut absolument en manger encore une fois. Ce plat inimitable est le fruit des efforts et du tour de main de trois générations de patrons et de cuisiniers.

J'ouvre la porte : la salle simple, avec son comptoir et ses tables au bois patiné, est bondée. Derrière le comptoir, cinq cuistots, de vieux briscards tout aussi patinés, s'affairent avec vivacité. Les voix qui lancent les commandes en cuisine ont la même vigueur.

« Un *omu-rice*, deux assortiments de cinq ! »

« Trois currys au porc pané, s'il vous plaît ! »

La certitude de manger de la bonne cuisine d'inspiration occidentale conforte les espoirs placés dans ce pèlerinage dédié à l'*omu-rice.*

« Il y a une sacrée ambiance, on voit qu'on est à Osaka ! commente le jeune Y. C'est électrisant. »

Passons commande sans tarder. Pour l'occasion, je vous conseille la spécialité : un menu *omu-rice.*

Omu-rice & cinq brochettes panées, 1 150 yens

Omu-rice & brochettes « argentées » (filet de porc et légumes panés), 1 050 yens

Omu-rice & crevettes panées (ou poulet pané, croquette, porc pané), 950 yens

L'omelette fourrée au riz accompagnée de brochettes panées à la commande : voilà le menu roboratif de chez *Meijiken.*

« Tant qu'on y est, je vais peut-être prendre un potage à 300 yens en plus, lance le jeune Y.

— Bonne idée. Moi aussi. »

Dans les restaurants de cuisine à l'occidentale, la lecture du menu suffit à vous donner le tournis. Bœuf en daube *hayashi*, riz au curry, côte de porc au ketchup, steak haché, daube de bœuf, salade de jambon… On se sent retomber en enfance à vue d'œil. La conversation de nos deux voisins qui, attablés devant un *omu-rice*, en étalent la sauce avec le dos de leur cuillère, me parvient aux oreilles :

« L'*omu-rice* d'ici est vraiment bon.

— C'est vrai. Rien que d'en manger, on se sent mieux. »

Nous aussi, on veut vite se sentir mieux. Nous dégustons notre potage aux croûtons aux saveurs d'autrefois quand, comme pour nous porter le coup de grâce, arrive notre menu *omu-rice* avec ses cinq brochettes panées. A l'arrière-plan, le fuseau bombé et d'un jaune luisant de l'omelette fourrée au riz; devant, les brochettes panées toutes dorées, accompagnées de chou bouilli. La généreuse louche de sauce marron aux senteurs épicées versée dessus attise l'appétit.

Pour commencer, je savoure une cuillerée d'*omu-rice*. Ce goût robuste, riche… je suis émue de renouer avec la saveur de chez *Meijiken*.

« C'est succulent. Le riz au goût bien relevé reste en bouche », commente le jeune Y. qui, bien entendu, a vidé son assiette en deux temps trois mouvements, en alternant avec les brochettes panées légèrement trempées dans la sauce de l'*omu-rice*.

Malgré l'absence de garniture, les saveurs sont inoubliables. Le secret réside dans le carré de chocolat. Attention, il ne s'agit pas du chocolat auquel vous pensez, mais de beaux morceaux de tendon et de gîte de bœuf dorés à la poêle puis mijotés pendant trois jours avant d'être hachés et conservés en cubes, baptisés « carrés de chocolat ». C'est ça, le goût de *Meijiken*. Ici, on ne lésine pas sur les ingrédients: 2 kg de tendon de bœuf, 4 kg de gîte, 900 g de beurre, 9 kg d'oignons, 150 g de bouillon cube, 850 ml de fond de veau, 750 ml de vin rouge, 200 g de sel et 40 g de poivre.

Le « chocolat », dont la préparation demande du temps et une grande quantité d'ingrédients, forme la base d'une sauce dans laquelle faire revenir le riz. La viande, invisible mais bien présente, délivre ses saveurs puissantes et concentrées, qui renferment le secret de l'*omu-rice* de *Meijiken*.

« S'il peut nous arriver de lâcher du lest sur d'autres plats (rires), pour l'*omu-rice*, jamais de la vie », affirme

Imoto Keiko, l'épouse du deuxième patron aujourd'hui décédé. C'est désormais elle qui dirige le restaurant. « Si on trouvait notre omelette fourrée mauvaise, ce serait la fin des haricots. Les autres plats, on peut en manger partout ailleurs, dans de bons restaurants chics. Mais notre *omu-rice* est incomparable. »

Alors, les soins apportés à sa confection sont exceptionnels. En réalité, avec la cuisine située au troisième étage, le restaurant compte seize cuisiniers en tout, qui cassent eux-mêmes chaque jour plus de cinq cents œufs, en faisant bien attention à ne pas laisser échapper le moindre éclat de coquille. Filtrer le mélange permettrait d'enlever les éventuels morceaux, mais l'œuf perdrait de sa vitalité. La dextérité avec laquelle les œufs frais sont cassés et fouettés, au rythme soutenu des commandes, fait partie intégrante de la saveur du plat.

Faire revenir le riz sans qu'il colle demande aussi, à vrai dire, une technique d'expert.

« Le tour de main de nos cuisiniers est véritablement miraculeux, remarque Mme Imoto. Si on cède à la tentation de faire revenir le riz avec beaucoup de sauce pour que tous les grains en soient bien enrobés, il colle et c'est trop épicé. Il faut le faire sauter rapidement, tout en obtenant un goût constant. C'est aussi difficile que de fourrer l'omelette. »

Le riz revenu est ensuite adroitement enveloppé d'œuf. Assis au comptoir, on peut assister à ce spectacle tout à fait extraordinaire. En un clin d'œil, un *omu-rice* à la forme parfaite est dressé sur l'assiette. Une observation attentive révèle les différentes étapes :

1. Graisser la poêle à omelette avec une petite quantité de saindoux.
2. Y verser un œuf et demi battu.

3. Du bout des baguettes, mélanger l'œuf en le ramenant vers le centre pour former un monticule vaporeux.

4. Dès que l'omelette est mi-cuite, ajouter le riz déjà revenu.

5. En tirant parti des courbes de la poêle, envelopper le riz d'œuf tout en dressant la portion sur l'assiette.

« Les clients nous regardent faire de dos et ils trouvent que ça a l'air tout simple », remarque avec un petit sourire narquois Ogino Susumu, en cuisine chez *Meijiken* depuis trente-cinq ans. L'*omu-rice* est tellement demandé qu'il ne prépare plus que cela depuis bien longtemps.

« On a l'impression qu'il suffit de retourner le tout et de pencher la poêle, comme ça, mais l'œuf ne doit ni brûler ni attacher. Ça fait des années que je pratique, mais il suffit d'une seconde d'inattention pour tout ficher en l'air. Et puis, l'*omu-rice* pèse son poids, alors à force de soulever la poêle des centaines, des milliers de fois par jour, on s'abîme le bras. Regardez », ajoute-t-il en nous montrant sa fidèle coudière de soutien.

Une fois l'omelette fourrée dressée sur l'assiette, il faut faire vite. Pas question de traîner, car l'œuf durcit de seconde en seconde ; l'assiette doit être emportée à l'instant où elle est garnie. Pour le menu *omu-rice* et brochettes panées, les deux mets doivent être prêts en même temps, ce qui complique encore les choses.

La clientèle d'Osaka est particulièrement exigeante. Pour elle, la qualité est une évidence. Et comme c'est bon marché, que demander de plus ? Mais il suffit d'une légère baisse de qualité pour que, d'un bloc, les clients vous tournent le dos. Le quartier de Minami

MEIJIKEN, SHINSAIBASHI (OSAKA)

en particulier, où seuls survivent ceux qui atteignent les standards les plus élevés, est particulièrement cruel. Mais en contrepartie, l'attachement est fort, ce qui est encourageant. Les paroles de son beau-père et de son défunt mari sont gravées dans l'esprit de Keiko :

« Quand notre chiffre d'affaires stagnait à cause de la crise et que j'ai proposé d'augmenter les prix, je me suis fait remonter les bretelles. Tous deux m'ont dit la même chose : "Certainement pas, nous, on travaille pour satisfaire la clientèle". L'*omu-rice* est à 650 yens, depuis plus de dix ans il n'a pas augmenté. »

L'omelette fourrée au riz est également le symbole des liens au sein de la famille Imoto.

« Mon mari répétait toujours qu'il ne fallait pas toucher aux saveurs qui plaisent à soixante pour cent des clients. Si on tombait sous cette barre, ce serait terrible. »

A vrai dire, l'idée des « carrés de chocolat » pour assaisonner le riz vient du souci de ne pas laisser perdre les rognures de viande issues de la préparation des brochettes panées. Que faire de cette bonne viande ? Après s'être creusé les méninges et à l'issue de multiples essais, la solution trouvée a été de s'en servir pour accommoder le riz de l'*omu-rice*. Cela demande un sacré travail mais c'est le goût de *Meijiken*, et cela ne se négocie pas.

« L'autre jour, un client fidèle m'a dit : "Vous n'avez aucune idée d'à quel point c'est bon, ici. Je suis certain que vous ignorez quelle bénédiction c'est." Qu'est-ce que j'étais contente ! », dit Keiko.

Les mots étaient rudes, mais le goût de Naniwa, c'est aussi le goût du cœur.

Un potage, un *omu-rice* et des brochettes panées : j'ai le ventre plein. En disant merci et au revoir aux cuistots au moment de quitter le restaurant, je touche du doigt, dans l'atmosphère paisible qui règne chez *Meijiken*, la sincérité et la ténacité qui caractérisent Osaka.

Reste la question du nombre d'œufs, toujours en suspens. Combien y en a-t-il dans l'omelette fourrée au riz de chez *Taimeiken*, si moelleuse et douce au palais ?

Tant l'*omu-rice* classique que l'*omu-rice tampopo*, onctueux et savoureux, évoquent toute la richesse de l'œuf. Je vais innocemment poser la question à Modegi Hiroshi, patron actuel de *Taimeiken* et troisième de la lignée, qui me répond sans hésiter :

« Quatre. Autrefois, on en mettait deux, mais avec le boum de l'*omu-rice* qui a suivi le film d'Itami Jûzô, cette texture moelleuse et baveuse s'est imposée. Impossible de revenir en arrière ensuite, alors depuis, on continue d'utiliser quatre œufs. »

Cela m'a fait un choc. Ça alors, quatre œufs par personne ! Jamais je n'en utiliserais autant moi-même, je n'aurais pas le courage de tous les casser. Mais dans l'omelette fourrée au riz, le principal, c'est les œufs. Du coup, leur qualité est une question sensible.

« Des œufs frais pondus du jour nous sont quotidiennement livrés des départements d'Iwate et de Tochigi, reprend M. Motegi. Il nous faut des œufs sûrs dans lesquels on peut avoir confiance. Ils viennent de poules élevées en plein air, avec un jaune bien vif. Sans bons œufs, rien n'irait. »

D'où cette satisfaction d'être venu exprès déguster une omelette fourrée au riz réputée.

« Autrefois, nos plats les plus demandés étaient les *râmen*, les crevettes panées et le riz au curry, avec le bortsch et la salade *coleslaw* qu'on a toujours servis. Mais depuis l'arrivée de l'*omu-rice tampopo* au menu en 1985, c'est l'omelette fourrée au riz qui est soudain devenue notre spécialité. Actuellement, rien qu'au restaurant de Nihonbashi, on en sert entre deux cents et trois cents par jour. »

Incroyable omelette fourrée au riz ! Tant *Taimeiken* à Nihonbashi que *Meijiken* à Shinsaibashi ont toujours été des restaurants à l'occidentale, aujourd'hui tenus par la troisième génération d'une lignée de cuisiniers qui, dans leur veste blanche de chef, officient depuis les années 1920. Dire que c'est sur ce mets que reposent aujourd'hui de telles pages d'histoire…

Et l'*omu-rice* est toujours aussi éclatant, doux, gai et souriant que le soleil.

Merci, l'omelette fourrée au riz !

Repas décontracté dans une salle à la japonaise

Quand le vent vous glace jusqu'aux os, vous décidez de manger un *nabe* aujourd'hui encore. Vous en avez déjà mangé un avant-hier, mais l'appel du pot-au-feu fumant est irrésistible ; vous installez la plaque chauffante sur la table et posez la marmite en terre dessus.

Le chou chinois est cuit, les boulettes de viande hachée sont remontées à la surface… vos baguettes s'activent sans relâche. C'est alors qu'une réflexion vous traverse l'esprit :

Dans une salle à la japonaise, ça aurait une autre allure…

Le *nabe* s'accorde vraiment mieux avec des tatamis et une table basse. Les hommes peuvent s'asseoir en tailleur, confortablement installés. Les femmes surveillent la cuisson et servent les uns et les autres, au fur et à mesure. Des comportements emblématiques qui parlent d'eux-mêmes à tout Japonais. Un repas pris dans un décor traditionnel est déjà un spectacle en soi. Qu'il soit bruyant et enjoué ou calme et économe en mots, il y a quelque chose dans l'air, dans les attitudes. C'est dans ces moments-là qu'on se dit qu'on est bien au Japon.

« Je viens rarement dans ce genre d'établissement », annoncent mes deux jeunes compagnons en lançant des regards autour d'eux. Il ne leur arrive guère, me disent-ils, de s'installer sur des tatamis, qui nécessitent de se déchausser. Nous sommes chez *Sometarô*, un restaurant d'Asakusa spécialisé dans les *okonomiyaki,* fondé en 1937. Attablés dans la salle aux airs de pièce principale d'une maison traditionnelle, on déguste des galettes variées qu'on fait cuire soi-même.

« Si on choisit un restaurant où, l'hiver, la femme se voit obligée d'ôter ses bottes, on craint de passer pour un rustre, alors on hésite », me confie le jeune N., vingt-six ans, employé au service des relations publiques d'un éditeur – un métier où l'attention au moindre détail est requise.

Le jeune T., son aîné d'un an et amateur de barbecue *yakiniku*, renchérit :

« Et puis, dans une salle à la japonaise, on fait cuire les ingrédients tous ensemble. On n'a pas droit à l'erreur, la pression est forte. Il suffit que ce ne soit pas le bon moment ou pas la bonne façon… On a l'impression qu'on va se faire critiquer de tous les côtés. C'est plus simple de se faire servir un repas tout prêt, sans commentaires. »

Les jeunes d'aujourd'hui semblent craindre de se tromper, mais c'est là qu'ils font erreur. Personne n'est un adulte accompli dès le départ. C'est en se fourvoyant, en se couvrant de honte, en apprenant des autres qu'on le devient petit à petit… Mais si je leur réponds cela, ils vont me prendre pour une ennuyeuse donneuse de leçons, alors je me contente d'acquiescer avec un sourire : « Ah bon, vraiment… »

La plaque chauffante est à point. Nous commençons par des légumes et des crustacés grillés avant d'entrer dans le vif du sujet.

Le jeune N., originaire du département de Hyôgo dont c'est l'une des spécialités, se sent « relativement sûr de lui pour l'*okonomiyaki* ». Il mélange la pâte et les ingrédients, verse doucement le tout sur la plaque pour former un rond qu'il égalise une fois la cuisson entamée ; il attend le bon moment pour retourner la galette d'un coup – pas mal, comme tour de main. Eh bien voilà, quand on veut, on peut.

« Je commence à y prendre plaisir », dit le jeune T. qui dévore la galette préparée par son collègue, entre deux goulées de bière ; il n'est pas le dernier à lever le coude.

SOMETARÔ, ASAKUSA

« Avec le barbecue *yakiniku*, les choses sont claires dès le départ, ajoute-t-il, c'est tant de morceaux de viande chacun, mais c'est chouette aussi de partager un plat comme ça. On a l'impression de devenir amis. »

C'est ce qu'on appelle la camaraderie. Etre assis épaule contre épaule dans une atmosphère bon enfant. Manger dans le même plat, des galettes *okonomiyaki* ou un *nabe*, et se servir mutuellement de la bière permet d'abattre les barrières en un clin d'œil – un exercice auquel les Japonais excellent.

« C'est bien pour ça que c'est agréable de manger dans une salle à la japonaise de temps à autre. Et puis, un homme, ça doit savoir en imposer sur les tatamis. »

J'aurais mieux fait de me taire, mais maintenant que je me crois amie avec des jeunes, je me mets à les sermonner.

Le terme « salle à la japonaise » désigne aussi bien des salons privés séparés par des cloisons tendues de papier que de vastes salles revêtues de tatamis, un large éventail de possibilités dont il faut savoir tirer parti en fonction des situations. Entre toutes, la plus agréable est sans doute la salle commune, avec son atmosphère de simplicité.

Dans ces grandes salles à manger, les clients occupent les tables au fur et à mesure de leur arrivée. On est parfois installés en rangs d'oignons, en partant du fond, mais il arrive aussi qu'on puisse s'asseoir où l'on veut. Quoi qu'il en soit, vu qu'il n'y a aucune partition, on se trouve attablé à côté d'inconnus. Les restaurants d'anguille, de loche ou de *nabe*, par exemple, ces établissements anciens qui tentent de retenir l'atmosphère particulière aux quartiers populaires, proposent en général une salle commune avec des tatamis. Voir jeunes et moins jeunes se régaler dans la bonne humeur crée une ambiance au confort indicible.

Le vieux restaurant de *Fukagawa-meshi* où je suis entrée un midi servait les repas dans une salle de ce type. Le *Fukagawa-meshi*, c'est un plat de palourdes japonaises qu'on pêchait autrefois, à l'époque d'Edo, près de l'île de Tajima à l'embouchure de la Sumida dans le quartier de Fukagawa. Pochées dans un court-bouillon au miso et généreusement présentées sur un lit de riz, elles forment un savoureux mets populaire.

Derrière la porte coulissante, dans l'entrée, trône une étagère à chaussures où l'on dépose ses souliers.

« Bonjour, installez-vous où vous voulez. » La serveuse nous accueille avec chaleur.

Mon compagnon du jour et moi-même nous asseyons face à face à une table basse où l'air circule, près de la fenêtre, détendus. Ce ne serait pas pareil autour d'une table à l'occidentale. Il faut toujours un peu de temps pour se fondre dans l'atmosphère d'un lieu, mais dans une salle commune à la japonaise, cela se fait en un instant. A peine assis, on se sent invité à se détendre.

A une table voisine, huit messieurs se servent mutuellement de la bière dans la bonne humeur. Une réunion de compagnons de pêche, dirait-on, car ils débattent bruyamment de la prochaine rivière à visiter – dans ce genre d'endroit, non seulement ce n'est pas gênant mais cela fait même partie du spectacle.

On a beau partager le même espace, chacun érige une ligne de démarcation souple, sans empiéter chez le voisin. C'est une règle implicite dans ces salles communes mais, parfois, une conversation vous fait dresser l'oreille. C'est arrivé à deux gourmandes qui mangeaient de l'anguille :

enfin attablées dans ce restaurant à la réputation sans pareille, elles laissent libre cours à leur gourmandise. Nanties d'une bière, elles commandent ceci et cela : salade d'anguille et de concombre au vinaigre, omelette japonaise fourrée à l'anguille, anguille à la vapeur… Pour finir, arrive l'anguille grillée en sauce, dans un plat de la taille d'un coussin. Le monsieur d'un certain âge en train d'engloutir son bol de riz à l'anguille à la table voisine écarquille les yeux et leur lance, estomaqué :

« Quel appétit, mesdemoiselles ! C'est le championnat des gros mangeurs aujourd'hui, ou quoi ? »

Cette remarque sans détours, digne des quartiers populaires, fait mouche : les voilà déterminées à faire honneur à leur réputation de gourmandes. Il est désormais hors de question de perdre la face. Ignorant leur estomac déjà plein à craquer, elles vident laborieusement la moitié du savoureux plat d'anguille fraîchement grillée quand leur voisin se lève et les salue : « Bon courage ! »

A peine a-t-il disparu sur ces mots prononcés d'une voix blanche qu'elles s'effondrent et rendent les armes. Elles ont remporté le reste chez elles, m'a dit mon amie en ajoutant, qu'est-ce que ça m'a vexée ! Elle avait beau râler, elle prenait un plaisir visible à me rapporter l'anecdote.

Si les salles communes sont un lieu vivant et décontracté, les petits salons à la japonaise sont tout le contraire. Dans ces lieux discrets et intimes, à l'abri des regards mais sans être dissimulés, presque à huis clos, l'ambiance est ambiguë et c'est ce qui en fait tout le charme. Bref, on est entre adultes, et là se nouent les drames de la vie.

Entre tous, les salons traditionnels des petits restaurants dégagent cette subtile aura. On ne s'y installe pas entre hommes ou entre femmes. C'est parfait pour les couples d'un certain âge. Autour d'une petite table, on se sert l'un l'autre à boire et, tout naturellement, on se met à chuchoter. Soudain, on s'aperçoit que, bien qu'assis face à face, on est tout proches. Cette intimité est troublante. Une proximité impossible à atteindre sagement installés à une table occidentale.

Et puis, des petits salons à la japonaise, il en existe de toutes sortes.

Un début de soirée en décembre. Je franchis la porte du restaurant de *soba Yoshida*, à Ginza 7-chôme.

La maison, fondée en 1885, est réputée pour ses *soba* à la croquette. Ce plat de nouilles de sarrasin accompagnées d'une croquette de hachis de poulet s'est fait connaître en 1898, lorsque l'écrivain Saitô Ryokuu a présenté dans un magazine ce mets du célèbre restaurant *Yoshida*, alors sis à Hamachô dans le quartier de Nihonbashi. Le *Yoshida* de Ginza en est l'héritier. On y sert *soba*, *udon*, bols de riz garni et toute une gamme de petits plats de saison, sans oublier ceux qu'on picore en buvant comme le pâté de poisson au wasabi ou l'omelette en tranches épaisses, ainsi que, l'hiver, le pot-au-feu à la morue ou aux huîtres. Bien que situé à Ginza, c'est un établissement tout simple, où règne une atmosphère très agréable.

Il se trouve rue Konparu-dôri, un peu à l'écart de l'effervescence des grandes artères. A l'intérieur, une vaste salle aux tables alignées. Dans le coin, à droite, un salon à la japonaise avec quatre petites tables basses. Chez *Yoshida*, on est bien partout, dans la grande salle comme dans le salon au sol de tatamis.

« Bonjour !
— Vous avez de la place dans le salon ?
— Ah, vous voulez une table basse ?
— Oui. »

J'ai donné rendez-vous ici. Il est sept heures moins dix et mon invité n'est pas encore arrivé. Je m'installe sur un coussin et observe la salle. Comme toujours, le spectacle vaut le coup d'œil. Un couple âgé, ses courses terminées, mange des *soba* froides ; trois *salarymen* sont attablés autour d'un pot-au-feu avec des coupes de saké chaud ; une femme en kimono, élégamment coiffée en chignon, et son compagnon aux cheveux blancs sont l'image même de l'hôtesse d'un club de luxe qui dîne en compagnie d'un monsieur avant de rejoindre le club où elle travaille. Ici, c'est un concentré de Ginza.

Les tables du salon sont dressées à la mode de chez *Yoshida*. Ça aussi, c'est ce que j'aime. Des baguettes à usage unique sur un porte-baguettes. Une coupe à saké en porcelaine blanche posée à l'envers dessus, et un verre à bière. C'est un plaisir pour les yeux. Sur un long plat semblable à un radeau, de la seiche aux œufs de hareng et des feuilles de chrysanthème blanchies. Un comité d'accueil fringant qui vous remplit de joie.

« Désolé de vous avoir fait attendre ! »

Voilà qu'arrive le jeune Y. Mon compagnon de ce soir, dans ce salon à la japonaise, c'est ce jeune homme toujours égal à lui-même. Mais peut-être en pense-t-il autant de moi, alors je me tais, car une remarque inconsidérée risquerait de se retourner contre son auteur. Encore plus souriante que d'habitude, je lui fais face, amicale.

« Oh, c'est chouette, cette atmosphère.
— N'est-ce pas ? J'aime bien ce sol en tatamis. Vous prenez une bière, pour commencer ? »

J'ai toujours un peu envie de vanter mon salon préféré. Ce qui est amusant, c'est qu'il vous donne l'impression d'être le seul à connaître ce confort. Peut-être parce que son exiguïté renforce la convivialité. D'ici, la vue sur la salle de chez *Yoshida* vaut vraiment le détour, et puis, ces petites tables sont agréables, me voilà partie à débiter des commentaires que le jeune Y. écoute patiemment ; c'est vraiment un chic type.

« Allez, commandons sans tarder quelques plats à grignoter. »

Thon cru au miso vinaigré

Pâté de poisson au wasabi

Laitance de morue, sauce aux agrumes

« Ah, c'est relax », soupire mon compagnon.

Trois amuse-bouche à grignoter pour accompagner une coupe de saké Kiku-Masamune chaud.

Assis en tailleur, le jeune Y. desserre sa cravate. Mmm, comme le thon est bon… Et la laitance… Nous vidons nos coupes de saké à petites gorgées en nous régalant de la fraîcheur du pâté de poisson, élastique sous la dent, dont nous grignotons une bouchée de temps à autre. La conversation tourne d'abord autour du travail, avant de s'orienter sur les films vus dernièrement, les livres qu'on a lus, les enfants, les gens qu'on a rencontrés, dérivant agréablement comme un bateau au fil de l'eau. Ça aussi, c'est la magie du salon à la japonaise.

« On prolonge l'apéritif ?

— Oui, volontiers. »

Maquereau mariné au vinaigre

Viscères d'holothurie

Aubergines au miso légèrement sucré

Ensuite, nous commandons de l'omelette épaisse. Soudain, je m'aperçois que nous avons vidé un bon nombre de flacons de saké.

« Je vous recommande les *soba* avec une croquette, mais sans les nouilles.

— Vraiment ? Je vais en prendre, alors. »

Servis sans les *soba*, la grosse croquette de hachis de poulet et le poireau qui flottent dans un bouillon odorant et goûteux qu'on boit brûlant s'accordent divinement bien avec le saké tiède, c'est un vrai délice. Pour finir, nous nous partageons un plat de nouilles froides.

Quand nous émergeons du restaurant, le vent est glacial. Je consulte ma montre : il n'est pas encore vingt et une heures.

« Ça alors, il n'est même pas neuf heures !

— Le salon à la japonaise, c'est un drôle d'endroit. Alors qu'on y a passé à peine deux heures, j'ai l'impression d'être resté beaucoup plus longtemps », murmure le jeune Y. en clignant des yeux.

Exactement. Ces salons vous font oublier tout le reste. On a beau voir ce qui nous entoure, c'est comme si on était loin. On a beau être dans le restaurant, c'est comme si on était dans une bulle. Une sensation tout à fait particulière.

« A la prochaine !

— Bon retour et à bientôt ! »

Avec un geste de la main, nous nous séparons au beau milieu de Ginza ; restent une légère ivresse et l'agréable sentiment d'avoir passé un bon moment.

Une belle lune flotte dans le ciel hivernal. Descendue à la station Morishita, sur la ligne Tôei-Shinjuku, je débouche sur l'avenue Shin-Ôhashi au trafic automobile intense. La Sumida est tout près. Quand Tokyo s'appelait Edo, ici, c'était l'embouchure du fleuve et les roseaux poussaient à foison. La zone, une fois remblayée et rebaptisée Fukagawa, est devenue un quartier animé et l'une des principales voies fluviales de la capitale. La résidence de Kira, où les quarante-sept *rônin* donnèrent l'assaut, est tout près aussi.

C'est vers chez *Minoya* que je me dirige. Fondé en 1897, ce restaurant propose du pot-au-feu de *sakura-niku* – de la « viande de cerisier », autrement dit du cheval.

Sur l'avenue principale, une grande enseigne en forme de fleur de cerisier permet de le repérer. La vue des néons rose pâle qui brillent dans l'obscurité suffit à me mettre en appétit. A l'entrée, un monsieur en veste traditionnelle vous accueille ; c'est lui qui s'occupe des chaussures, une attention bienvenue.

Ici règne toujours une atmosphère accueillante, typique de la ville basse. Je laisse mes souliers dans le vestibule et écarte l'épais rideau de cordelettes tressées : dans la vaste salle sans la moindre partition s'étendent deux longues rangées de tables étroites. Le sol recouvert de rotin patiné aux teintes caramel est agréablement lisse sous le pied. Au fond de la salle, un imposant *kumade* accueille la clientèle. Comme le marché aux ornements porte-bonheur s'est achevé le mois dernier, celui-ci est tout neuf. C'est de bon augure.

« Par ici, je vous en prie. » Sans délai, une jeune femme revêtue d'un tablier immaculé et bien empesé m'invite à m'installer.

Les coussins sont eux aussi recouverts d'une housse en coton blanc.

« Oh, c'est super !

— Quelle atmosphère ! »

Mes compagnons habituels sont avec moi. Pour leur faire découvrir l'ambiance des salles communes populaires, je tenais à les emmener chez *Minoya*.

« Assieds-toi et détends-toi », intime à son collègue le jeune Y., aujourd'hui bien décidé à se comporter en aîné, dirait-on.

Nous prenons place tous les quatre face à face, relaxés, oublieux pour un temps de l'agitation du dernier mois de l'année. Pour commencer, nous trinquons à la bière bien fraîche.

La saveur de la viande de cheval servie chez *Minoya* me remplit toujours d'admiration. Pas trop prononcée, elle est néanmoins goûteuse et savoureuse. Même les personnes qui mangent du cheval pour la première fois sont saisies par la qualité de la chair, tellement elle est succulente. Nagase Mamoru, cinquième membre de la lignée familiale à veiller sur les destinées de l'établissement, nous offre des explications :

« Comme nos clients s'occupent eux-mêmes de la cuisson, la fraîcheur des aliments est essentielle. Nous servons la viande de bêtes élevées à Aomori, maturée durant trois semaines. La viande de cheval, qui contient davantage d'eau que celle de bœuf ou de porc, est plus difficile à affiner. Nous achetons donc de gros quartiers, avec les os, dont nous n'utilisons, après maturation, que les meilleures parties. »

Ce souci de qualité, maintenu par la famille depuis cinq générations, garantit les saveurs de chez *Minoya*.

Allez, on passe commande. Mais pas question d'attaquer d'emblée par le pot-au-feu.

Viande crue
Pâté de poisson au wasabi
Algues *nori*

Deux assiettes de chaque, décidé-je, avec du saké tiède. Je regarde autour de moi : la hauteur de plafond est agréable. Elle témoigne d'une époque révolue : autrefois, jusqu'en 1955 environ, la cuisson du pot-au-feu se faisait à la braise. Si les paravents et les boiseries étaient sculptés dans des essences précieuses, c'était pour décourager les artisans du quartier de Kiba, des spécialistes du bois qui formaient alors une large partie de la clientèle, de marchander ; des fleurs de cerisier stylisées ornent également les boiseries ajourées et les paravents, c'est fort luxueux. J'en déduis que chez *Minoya*, on a toujours su s'affirmer. Depuis la reconstruction, en 1954, du bâtiment rasé par les bombardements, le restaurant conserve fidèlement cette atmosphère des années 1950.

« Hum, délicieux, cette viande crue », s'exclame la tablée, conquise.

S'il fallait absolument trouver des mots, je dirais que le goût est moins marqué que celui du thon rouge ou de la viande de bœuf crus. Sur la langue, les saveurs discrètement métalliques se déploient sans ostentation, exquises. Cette dégustation renforce encore les attentes envers le pot-au-feu.

Qu'il est d'ailleurs temps de commander :

Sakura-nabe (au filet de cheval) pour quatre

Tofu grillé

Collybies à pied velouté

Œufs

D'une main sûre, une jeune femme installe une petite marmite sur le réchaud qu'elle allume. Nous en avons une pour deux, à partager avec son vis-à-vis. Allez, c'est chaud.

D'abord, la viande de cheval et le miso. Ensuite, le poireau émincé, les vermicelles de konjac et la pâte de gluten.

Le miso est délayé et les premiers bouillons apparaissent. Lorsque la soupe bout, il est temps d'y plonger une fine tranche de viande bien dépliée. Dès qu'elle

MINOYA, MORISHITA
LE RESTAURANT CONSERVE SON ALLURE D'AUTREFOIS.
ON LAISSE SES SOULIERS AU PRÉPOSÉ À L'ENTRÉE.
C'EST DÉLICIEUSEMENT DÉSUET.
JETON POUR LES CHAUSSURES
AVANT, LA CUISSON SE FAISAIT À LA BRAISE.
C'EST POURQUOI LE PLAFOND EST HAUT.
ALORS, POUR COMMENCER, DU SAKÉ
AVEC UN PLAT DE SASHIMI.

ON SE CONCENTRE DESSUS.
GLOU
QUAND LE *NABE* ARRIVE.
ON MANGE.
BRÛLANT !
C'EST CHAUD !
ON ARRÊTE DE BOIRE.
BLOP
BLOP
FFF
SLURP
ON MANGE.
PFFF
J'AIME BIEN LA VIANDE PAS TROP CUITE.

prend une teinte rosée, on la sort de la marmite pour la déguster à sa meilleure cuisson.

C'est maintenant !

A l'unisson, nous tendons nos baguettes et faisons brièvement passer la viande dans un bain d'œuf battu avant de la porter à nos lèvres. Avec chaque mastication, les saveurs condensées de la viande de cheval se répandent en bouche. Quel plaisir ! Encore une tranche, et une autre. Le poireau émincé est maintenant cuit à point, tout comme les vermicelles. Personne ne dit mot, concentré sur le repas, l'air grave.

Au bout d'un moment, l'un des jeunes se met enfin à parler.

« Pour manger un *nabe*, il faut des qualités de coach ou de capitaine d'équipe.

— C'est vrai. Ça demande de la concentration et du leadership. »

Tout à fait. En particulier avec une petite marmite, concentration et prise de décision sont des qualités essentielles. Traînaillez et les aliments auront bouilli trop fort, ou trop longtemps. C'est quand on sait régler le feu de façon à maintenir tous les ingrédients dans la meilleure condition qu'on est un pro du *nabe*. Mais cela demande une certaine expérience du terrain.

« Les poireaux sont prêts. Et le tofu ne va pas tarder. Allez, tu es jeune, sers-toi sans hésiter », lance le jeune Y.

On se croirait dans un vieux film. Eh oui, sans doute que dans les années 1950, au bureau, les plus âgés emmenaient ainsi leurs jeunes collègues boire un coup dans une grande salle commune. Après un ou deux verres, chacun se dévoile. Quand le jeunot lâche un soupir, c'est le moment pour l'aîné de jouer au vieux sage : « Ne te laisse pas démonter, va. »

Avec un sourire et une tape dans le dos, lui aussi ajoute à son expérience.

Au plafond, les ventilateurs tournent. Dans la salle bondée, habitants du quartier, familles, couples ou collègues de bureau partagent une marmite d'où s'élèvent des volutes de vapeur d'eau, dans la joie et le bonheur. Le brouhaha est l'un des plaisirs du repas. On a l'impression de faire partie d'une grande famille, d'entrer dans l'histoire de *Minoya*. La patronne précédente, décédée récemment au bel âge de quatre-vingt-treize ans, a dégusté un pot-au-feu de viande de cheval pour son dernier repas, paraît-il. Les paroles du patron actuel, M. Nagase, me reviennent à l'esprit :

« Depuis que je suis petit, on a toujours mangé du *sakura-nabe* pour le dîner. Aujourd'hui encore, j'en mange une fois par jour. Nous adorons tous ça dans la famille. »

En dernier, on avale le reste du bouillon cuit avec de l'œuf battu, sur du riz blanc. Nous terminons ainsi le repas en beauté, les joues rougies par la chaleur. Aucune viande ne vous réchauffe mieux que le cheval.

Merci pour ce bon repas. C'était délicieux. L'addition réglée, j'aurais presque envie d'aller me recueillir, mains jointes, devant le *kumade* qui trône dans un coin de la salle. Je me lève et traverse la pièce en direction de l'entrée ; le préposé aux chaussures qui nous voit arriver prépare sans tarder nos quatre paires de souliers.

Les grandes salles à la japonaise, c'est vraiment chouette. Sous les rayons de la lune qui a un peu baissé dans le ciel, me voilà sur le chemin du retour, baignée dans une atmosphère de franche camaraderie.

Un sandwich à Ginza

Une feuille morte danse dans le ciel de Ginza, l'hiver. Je m'immobilise sur le trottoir pour l'observer quand une autre la suit, ballottée par la bise. Alors que je contemple ce spectacle, rêveuse, le feu du carrefour de Ginza 4-chôme passe au rouge, pareil à une baie de bambou sacré à la couleur vive.

L'hiver sied particulièrement bien à ce quartier. Peut-être parce que les manteaux et les écharpes des passants réchauffent le paysage ? Même le vieux monsieur qui trotte d'un pas pressé, la tête enfoncée entre les épaules et le dos rond, illumine mystérieusement la scène ; c'est vraiment un endroit particulier.

Je traverse le croisement et un riche arôme vient me chatouiller les narines. C'est l'odeur du *sakura-anpan* de chez *Kimuraya-sôhonten*. Ce pain au levain de riz fourré à la purée de haricots rouges et aux fleurs de prunus en saumure est, depuis 1875, l'indéfectible symbole de Ginza. Les petits pains alignés sur des planches en bois vous accueillent dès l'entrée. Il s'en vend dix mille par jour, ce qui n'est pas une mince affaire. La rumeur prétend même que les *sakura-anpan*, qu'on trouve aussi dans les grands magasins, sont meilleurs à Ginza. Bien sûr que oui ! Parce qu'ils sont faits main sur place, au sixième étage de l'immeuble, et mis en vente sans tarder.

Je me faufile à travers la foule agglutinée autour

des petits pains fourrés pour gravir l'escalier, comme aimantée. Ces effluves de boulangerie m'ont donné envie d'un des sandwichs servis à l'étage. Voici le menu de la semaine, pour vous donner une idée :

Lundi : sandwich au poulet épicé

Mardi : tartine au pain de viande

Mercredi : pain pita à la croquette de crevettes

Jeudi : sandwich saucisse de porc et fromage frais

Vendredi : sandwich bacon et œufs brouillés

Quantité limitée (30 portions), soupe et café compris, 1 050 yens

Le menu proclame : *Nous ne faisons pas que des petits pains fourrés, nos sandwichs aussi valent le détour !* Le restaurant français du troisième étage n'est pas en reste, où l'on sent la fierté de servir du pain frais. Chaque casse-croûte est d'ailleurs préparé avec des pains différents : pain de seigle, baguette, pain de mie… Au cœur de Ginza, la fièvre du sandwich couve.

A vrai dire, on trouve ici un mets exceptionnel : le sandwich à la croquette de crevettes roses. L'épaisse croquette panée faite de crevettes roses bien serrées est absolument renversante. Quand on rassemble son courage pour croquer dedans, la croûte savoureuse libère une farandole de crevettes toutes chaudes, dodues et moelleuses. C'est un sandwich surprenant.

« Les crevettes sont déveinées une par une, cela demande du travail. On les dispose dans un moule rond avant de les paner à la commande. C'est un mets très prisé, on en écoule une centaine chaque week-end », affirme le chef cuisinier Yoshimura, dont c'est le plat signature.

La croquette est déposée sur le pain avec une feuille de laitue et de la sauce aurore, parfaite avec les crustacés.

Me voilà donc à l'étage de chez *Kimuraya*, et c'est bien un sandwich à la croquette de crevettes roses que je vais déguster en prenant mon temps, les yeux sur le ciel hivernal de Ginza.

Les saveurs d'ici éveillent en moi des sentiments complexes. Je suis tentée d'en faire l'éloge, mais sans vraiment vouloir les dévoiler. Je préférerais les garder pour moi. Si j'aspire à me réserver ce doux secret, c'est sans doute parce que j'aime ce quartier à ma façon. Car c'est un endroit généreux. Même pour un simple casse-croûte.

Un sandwich, quand on a un petit creux, on se jette dessus comme s'il allait nous sauver la vie. C'est une bouée de sauvetage qui, quand on manque de temps, donne du goût aux instants les plus frénétiques.

« Même ceux de la supérette ? » me demandera-t-on.

Ce à quoi je répondrai :

« Alors, imaginons que vous ayez devant vous deux *onigiri*. L'un a été préparé par votre mère, qui a façonné la boulette de riz brûlant entre ses paumes. L'autre est un *onigiri* à 100 yens qu'on grignote après l'avoir sorti de l'emballage de cellophane crissante et enrobé soi-même dans une feuille d'algue. C'est le même sandwich au riz en forme de triangle, mais sans rien en commun. La voilà, la différence. »

C'est pareil pour les sandwichs. Il ne suffit pas de fourrer quelque chose entre deux tranches de pain.

« Le sandwich, c'est l'authenticité incarnée », n'hésiterai-je pas à proclamer.

Et c'est précisément la raison pour laquelle on en trouve de bons à Ginza.

Accueillir dignement la clientèle ; ne jamais faillir à cette mission, quoi qu'il en coûte : voilà ce qui fait la fierté du quartier. Ici, vous êtes toujours traité avec la plus grande sincérité. C'est tout l'esprit de Ginza qui se niche entre deux tranches de pain.

Prenons par exemple l'allure élégante du sandwich grillé au jambon de chez *Confectionery West* à Ginza 7-chôme, qui ne manque jamais de me séduire.

Du pain de mie bien doré, tartiné de beurre et de moutarde. A l'intérieur, d'épaisses tranches de jambon dans l'épaule revenues à la poêle. Le sandwich coupé au carré trône sagement sur une serviette en papier blanche. Pour parfaire le tout, un brin de persil vert, à côté. Sans oublier le presse-citron individuel dans lequel repose déjà un quartier de citron pelé... Tout est pensé pour votre plaisir.

Le jambon tiède et le pain savoureux forment un succulent duo, le goût de chez *West*. En cours de route, on presse quelques gouttes de citron pour se délecter d'une fraîcheur nouvelle. Le café servi dans une tasse d'épaisse porcelaine blanche a la saveur d'autrefois. La nappe et le napperon sur le dossier du fauteuil sont, comme toujours, d'une blancheur immaculée et parfaitement amidonnés.

A ce propos, qu'est devenu le symbole de Ginza qu'est l'hôtel *Teikoku* ? Allons voir ! Me voici au *Rendez-vous Lounge*, où je commande un *American club house sandwich* à 2 100 yens. Une jeune femme en jupe longue vient disposer sur ma table un couteau, une fourchette et une serviette, mais un casse-croûte, c'est meilleur avec les doigts. Je scrute attentivement l'énorme sandwich rempli d'une généreuse portion de poulet, de bacon et de laitue, tentant de rassembler mon courage, mais je me sens déstabilisée. Est-il bien raisonnable de croquer à belles dents dans un si luxueux sandwich ? Venue exprès à l'hôtel *Teikoku*, me voilà mortifiée, prisonnière de mes doutes plébéiens ; ils me poursuivront jusqu'à la dernière bouchée.

Que le sandwich soit trop cher ou trop bon marché, et il vous laisse un drôle de goût. Son prix relève d'un subtil équilibre.

« Les sandwichs, j'adore ça depuis tout petit. Pouvoir aller en manger à Ginza, quel plaisir ! » m'annonce le jeune Y. – lui-même père d'un enfant en bas âge –, un sourire candide aux lèvres. Cela me réjouit. Nous avions rendez-vous à Yûrakuchô, sous la grande horloge de l'immeuble Yûrakuchô Mullion, comme il se doit ; tournant le dos à Ginza, nous allons chez *Hamanoya Parlor*, dans l'immeuble Shin-Yûrakuchô.

« Euh, c'est ici ? »

HAMANOYA PARLOR, YÛRAKUCHÔ

Sa surprise est légitime. Un café banal, au fond du premier sous-sol. Atmosphère rétro, avec des rangées de banquettes en skaï. La clientèle est principalement composée d'employés du quartier, hommes et femmes ; personne ne s'est mis sur son trente et un pour une sortie à Ginza. C'est pour cela qu'on se sent bien, ici. L'envie de me plonger dans cette atmosphère paisible me pousse à venir de temps en temps. Pour manger un sandwich, bien entendu.

« Pas mal, ce menu qui rappelle les années soixante-dix. Orange, banane, fraise, pêche... il y a plein de jus de fruits frais. Ah, nous y voilà ! Sandwich à l'œuf, au jambon, aux légumes, au fromage, sandwich spécial... 850 yens avec une boisson. Qu'est-ce que je vais prendre ? » s'interroge le jeune Y.

Parmi tous, je recommande le sandwich spécial, dans sa version grillée pour un supplément de 20 yens.

En matière de casse-croûte, l'harmonie entre le pain et le contenu est cruciale. Mais comme les ingrédients humides peuvent vite rendre le pain immangeable, sa confection requiert un certain doigté. Une dame d'un âge respectable, ceinturée dans un tablier, nous apporte nos sandwichs spéciaux.

Comme ils sont mignons, avec leur coupe bien régulière ! Le rose du jambon, le vert du concombre et de la laitue, le jaune de l'œuf: une vraie combinaison gagnante. Les ingrédients sont placés dans un ordre bien précis.

Pain – laitue – concombre – tomate – œuf – jambon – pain.

En un mot, la laitue et le jambon servent de rempart au pain de mie contre l'humidité intérieure. Et chez *Hamanoya Parlor*, l'œuf est servi brûlant.

« Succulent ! C'est délicieux. L'omelette est moelleuse et bien chaude », commente le jeune Y. en vidant son assiette d'une traite avant de tendre la main vers la mienne.

Ce sandwich est un concentré de l'hospitalité offerte chez *Hamanoya Parlor*. On se surprendrait presque à adresser une prière au monsieur qui s'affaire derrière le comptoir, en chemise blanche et nœud papillon. Nous reprenons notre souffle, rassasiés, quand l'employé d'un certain âge assis à la table voisine replie d'un geste ferme son journal sportif en murmurant : « Bon, faut y retourner. »

Ici, c'est une branche sur laquelle venir se reposer les ailes. Les sandwichs de *Hamanoya Parlor* ont la saveur d'une pause qui vous permet de recharger les batteries.

Je passe du coq à l'âne, mais aimez-vous les sandwichs aux fruits ? Combien d'entre nous sont capables de l'affirmer haut et fort ? Un sandwich aux fruits, est-ce du pain ? Une sucrerie déguisée en pain ? Ou un gâteau à part entière ? Et puis, à quoi cela rime-t-il de mélanger des fruits à de la crème chantilly pour les coincer entre deux tranches de pain de mie blanc… le sucre vous monte au cerveau, vous liquéfie les neurones.

Je me promène, en quête d'une réponse à ces interrogations, quand une enseigne me saute aux yeux, avenue Harumi-dôri : *Ginza Sembikiya*.

Treize heures quarante-cinq ; le salon de thé à l'étage est peuplé de femmes. Je balaie discrètement la salle du regard, étonnée : sur cinq des sept tables occupées, des sandwichs aux fruits. Mise devant le fait accompli, je me redresse, prête à affronter ce mets au succès incontesté.

Chapeau bas pour *Sembikiya*. Pomme, melon, pêche jaune, fraise… les fruits les plus prisés, coupés en belles tranches épaisses, luisent de mille feux, pareils à des joyaux dans leur écrin de crème blanche. Les huit petits triangles, tendres et légers mais coupés au cordeau, laissent entrevoir un intérieur digne d'un *short cake* aux fraises. J'en saisis un pour y goûter : la crème chantilly, pas trop encombrante, donne juste le bon équilibre. Le croquant de la pomme, l'harmonie entre les fruits, la saveur sucrée du pain qui vous reste un peu en bouche… mais c'est avant tout la délicatesse des fruits, fierté de la maison, qui domine.

Voilà pourtant que, arrivée à la sixième tranche, je m'essouffle. Ma faim, alors que j'avais sauté le déjeuner, aura causé ma perte.

Est-il bien raisonnable de déjeuner de fruits ?

Une contrariété sourde enfle en moi, mon estomac se rebelle. Les sandwichs aux fruits, c'est une question de timing. Il vaut mieux être détendu, et venir en picorer sur un coup de tête, je crois.

« A l'heure où les employées rentrent chez elles, les professionnelles arrivent à Ginza. »

C'est sur la voix de Takamine Hideko que s'ouvre le film de Naruse Mikio, *Quand une femme monte l'escalier*, produit en 1960 par la Tôhô sur un scénario original de Kikushima Ryûzô. Takamine Hideko, qui incarne Keiko, la patronne d'un bar de nuit à Ginza, est incroyablement belle. La femme du titre, c'est toutes les belles de nuit qui travaillent dans ce quartier. L'escalier, c'est celui qui mène aux bars nichés ici et là dans les immeubles. Un demi-siècle plus tard, le film de Naruse brosse un portrait toujours d'actualité du quartier de Ginza.

En hiver, le crépuscule arrive à grands pas. Les lumières qui s'allument une par une découpent la silhouette des arbres qui bordent les rues. Sous leurs branches vont et viennent les professionnelles de Ginza, en kimono ou robe longue aux couleurs vives. Sur la scène de cette vie nocturne animée règne un nom incontournable en matière de sandwichs.

Sonoda Shizuka, la patronne du *Sukiyabashi*, un bar littéraire fondé en 1968, incarne à elle seule toute l'histoire de Ginza. Quand on pousse la porte de son établissement de Ginza 7-chôme, dernièrement contraint de quitter son emplacement historique, Shizuka, dans son kimono, vous accueille chaleureusement. Au *Sukiyabashi*, où se retrouvent les membres du jury du prix Naoki après l'annonce du lauréat, les professionnels de l'édition sont nombreux. Ce soir, M. H. de chez Bungeishunju, fidèle de l'établissement depuis vingt-cinq ans, est déjà là.

Avant toute chose, nous trinquons. Au whisky *twice up* (une dose de whisky et une dose d'eau), sur la recommandation de H. Shizuka, assise à nos côtés, est aux petits soins pour nous.

« Avec H., cela fait longtemps que nous nous connaissons…

— Je suis content de voir que le nouveau local vous réussit. Avant, c'était loin d'être un bel endroit, mais ça avait du cachet, alors, je me demandais ce que ça allait donner ici. »

H., qui se targue d'être « le meilleur connaisseur de Ginza », a la repartie toujours aussi cinglante, mais j'ai une question à lui poser. Connaît-il les fameux sandwichs de chez *Miyazawa* ?

« Ils sont à tomber par terre ! Pour caler un petit creux, il n'y a pas mieux que leur sandwich au porc pané. »

J'en étais sûre. Je n'en attendais pas moins du « meilleur connaisseur de Ginza ». Shizuka intervient :

« Eh bien, faisons-nous livrer ! Chef, commandez-nous un sandwich au porc pané. »

Suite à cet heureux concours de circonstances, le sandwich arrive tandis que je vide la dernière goutte de mon troisième whisky *twice up*.

Une généreuse côtelette panée dans le filet, encore brûlante. Une sauce maison un peu épicée. D'épaisses tranches de pain de mie. Je mords dans un morceau du sandwich coupé en petits carrés et la saveur onctueuse de la viande se déploie sur mon palais tandis que le terme « sainte trinité » me traverse l'esprit.

« Ici, on se fait livrer des sandwichs, des sushis et des *onigiri* d'un restaurant japonais. Il suffit d'un coup de fil à *Miyazawa*, même pour un seul sandwich. C'est délicieux et on n'attend pas, les clients sont ravis. »

Je n'en doute pas. Poussée par l'envie de déguster ce sandwich au porc pané, celui aux œufs ou le menu à l'occidentale du jour, il m'arrive moi-même de faire un saut chez *Miyazawa*, derrière l'hôtel *Nikkô*. C'est un tout petit restaurant, pas plus grand que le terrier d'une anguille, mais à partir de vingt heures, le vieux téléphone noir posé dans un coin ne cesse de sonner : de multiples établissements de Ginza appellent pour se faire livrer ou passer une commande à retirer.

Tout en savourant mon sandwich chez *Sukiyabashi*, un soupir d'aise m'échappe. C'est vraiment un mets hors du commun. Quand on le déguste dans un bar ou un club, c'est-à-dire en buvant, les saveurs épicées de la sauce et la viande chaude vous poussent à reprendre un verre.

Un sandwich qui donne envie de boire ! La vie nocturne de Ginza a plus d'un tour dans son sac.

Le propriétaire de *Miyazawa*, Shimizu Isao, a commencé sa carrière comme barman à Ginza avant d'ouvrir son propre établissement il y a vingt-cinq ans. Cela fait cinquante ans qu'il vit ici.

« Il est fantastique, ce quartier, me dit-il. On s'y sent bien et rien ne change, c'est un endroit paisible. Le lieu

SUKIYABASHI, GINZA

qui a fait de moi un homme, et auquel je dois beaucoup ; chaque jour, je travaille avec gratitude. »

En cuisine, M. Tozuka qui dirige la brigade depuis un quart de siècle, ses sept cuistots et deux ou trois livreurs qui connaissent sur le bout des doigts la moindre ruelle de Ginza, en particulier les blocs 6 à 8. Dans ce petit restaurant, l'humeur est toujours au beau fixe. En fin d'après-midi, on vient y manger un morceau avant de partir travailler et, au cœur de la nuit, c'est là qu'on vient souffler après le travail : ce lieu indispensable aux professionnels de Ginza, c'est en quelque sorte les coulisses du quartier.

La cuisine répond aux plus hauts critères du quartier. La ligne à tenir est claire pour M. Shimizu :

« Pour les sandwichs, on utilise vingt-cinq pains de mie de 1,8 kg et 150 œufs durs par jour. Ma femme, qui s'occupe des œufs, a l'habitude de dire qu'elle les écale comme si sa vie en dépendait. Si jamais le moindre éclat de coquille se mêlait à un sandwich, elle ne s'en remettrait pas. Nous ne roulons pas sur l'or, mais travailler consciencieusement, c'est tout pour nous. »

Dans ce quartier qui abrite autant d'établissements qu'il y a d'étoiles dans le ciel, beaucoup d'entre eux disparaissent sans tambour ni trompette. Les sandwichs de chez *Miyazawa*, toujours aimés, sont la saveur qui soutient Ginza.

A propos de casse-croûte qui donne envie de boire, voici le nom d'un bar que je ne peux passer sous silence : *Rock Fish* à Corridor-gai. On y prépare de délicieux *highballs* frais en bouche, à base de whisky Suntory Kaku.

Pourquoi les sandwichs qu'on grignote dans un bar au cœur de la nuit sont-ils si bons ? Il arrive, quand vous prenez un verre au comptoir, qu'un arôme tentant vienne vous chatouiller les narines depuis la place voisine. Et alors, vous êtes fichu. Par une réaction pavlovienne, votre estomac se met à gargouiller.

Revenons-en au *Rock Fish*, dont le sandwich star est au jambon cru et au camembert. Contemplez l'assiette : une délicate mosaïque s'offre à vos yeux dans toute sa splendeur. Entre trois tranches de pain de mie dorées à point se serrent sans espace mort camembert, jambon cru, tomates et basilic. Les saveurs de la mayonnaise, de la moutarde en grains et du poivre, malgré leur simplicité, en font un délice complexe.

Le barman, M. Hasegawa, est également un pro du sandwich : « Pour commencer, la cuisson du pain est cruciale. Il faut le griller de façon à le débarrasser de son humidité, pour le rendre croustillant à souhait. Il ne doit être ni trop doré ni trop mou. On vise l'équilibre idéal. Après, c'est une question de concentration. Un instant de faiblesse se remarquera dans l'assiette. »

M. Maguchi, l'illustre barman des lieux et spécialiste du *highball*, renchérit : « Un bon sandwich, ça se reconnaît au premier coup d'œil. Parce que, quoi qu'on en dise, c'est un mets qui doit avoir de l'allure. »

Pour trouver la saveur idéale, il a écumé les boulangeries jusqu'à découvrir le pain de mie qui garde tout son arôme une fois grillé, qui perd bien son humidité et qui, pour finir, remplit correctement l'assiette. De la tranche de pain au goût de la mayonnaise, tout est pensé dans le moindre détail ; c'est l'esthétique de *Rock Fish*.

Le jeune Y., qui ne boit normalement pas une goutte d'alcool, attend impatiemment au comptoir, un verre de *highball* à la main.

« Voilà, c'est prêt », annonce M. Hasegawa.

L'assiette qu'il dépose est, comme toujours, d'une beauté à couper le souffle.

ROCK FISH, GINZA

« Bon appétit. »

Le jeune Y. porte à sa bouche un rectangle fin et régulier, puis il ferme les yeux.

« C'est... »

Bouleversé, il avale une grande rasade de *highball*. Lui qui n'a pas l'habitude, s'il boit à ce rythme...

C'est il y a une dizaine d'années que j'ai entendu parler pour la première fois du sandwich à la croquette de chez *Chôshiya*. Dans une petite rue de Higashi-Ginza, cette boucherie fondée en 1927 propose croquettes à la purée ou à la viande hachée aux saveurs d'autrefois. Et en plus, m'avait-on assuré, ils font de succulents sandwichs sur place en glissant une croquette panée toute chaude dans un petit pain ou une tranche de pain de mie. Je m'étais donc empressée de leur rendre visite. Depuis, lorsque j'ai à faire à Higashi-Ginza, je ne manque pas d'y passer au retour. J'achète un sandwich préparé à la commande et, incapable de résister, me précipite dans le parc voisin pour le dévorer, assise sur un banc... A peine avais-je raconté cela au jeune Y. que ses yeux se sont mis à briller.

« A moi ce sandwich à la croquette ! » s'est-il écrié.

En fin d'après-midi, vers seize heures, *Chôshiya* rouvre pour le soir. A quatre heures pile, cinq personnes font déjà la queue derrière nous. Toutes habitent dans le quartier.

« Deux sandwichs à la croquette, s'il vous plaît. »

Un beau jeune homme vêtu d'une blouse d'un blanc immaculé s'empresse de plonger les croquettes dans l'huile chantante. Une femme d'âge mûr, les cheveux serrés dans un foulard, enduit de sauce la tranche de pain d'une main experte, avant de la couper en deux d'un coup de couteau.

« Ça vous fera 500 yens pour les deux », annonce-t-elle.

Le paquet enveloppé d'une feuille de papier maintenue en place par un élastique est tout chaud. Nous nous dirigeons d'un pas impatient vers le parc voisin où, sur un banc, le jeune Y. et moi mordons dans nos sandwichs.

« Ah, c'est chaud !

— C'est brûlant ! »

Ce qui ne nous empêche pas d'y croquer à belles dents, faisant éclater la panure croustillante sous le pain pour libérer la purée de pommes de terre qu'elle renferme. La sauce maison de chez *Chôshiya*, dont le pain est imbibé, lui confère un goût indicible. Tous les enfants de Higashi-Ginza grandissent nourris à ces saveurs, me dis-je, songeuse.

SANDWICH CROQUETTE À LA VIANDE HACHÉE ET SALADE, *CHÔSHIYA*
* DÉSORMAIS SANDWICH CROQUETTE À LA VIANDE HACHÉE.

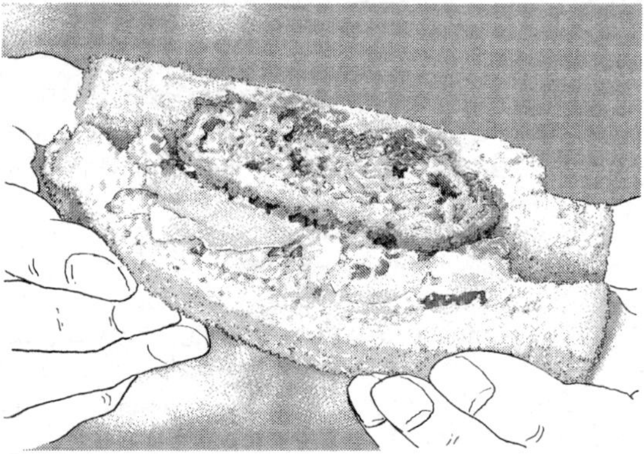

Le ciel d'un bleu pur est zébré d'un unique nuage laissé par un avion. Les arbres sont dénudés. A l'extrémité orientale de Ginza, l'hiver affiche ses couleurs. Un chien traverse le parc en trottant, l'air frigorifié.

« C'est l'hiver…

— Le cœur de l'hiver, même. »

La bise siffle et souffle, mais la chaleur du sandwich à la croquette de *Chôshiya* dans notre estomac nous réchauffe.

« C'est peut-être à force de manger des sandwichs ici et là à Ginza, lance le jeune Y., mais le souvenir de ceux que ma mère me préparait avec des petits pains vient de me revenir tout à coup.

— Ah oui, je vois, vous voulez parler de ces petits pains enveloppés dans de la cellophane colorée, c'est ça ? La mienne aussi m'en faisait pour mon anniversaire ou pour les pique-niques avec l'école. »

Les jours où il y avait des sandwichs pour le déjeuner, j'avais le cœur en fête. J'aime bien les casse-croûte vite faits, juste du jambon et du fromage dans une tranche de pain de mie pliée en deux, mais ceux qu'on prépare spécialement pour vous sont tellement meilleurs. Alors qu'on pourrait se contenter de manger un morceau de pain, des ingrédients concoctés exprès sont glissés dedans, le tout joliment découpé. Quelle joie de tenir entre ses doigts ce mets confectionné avec amour !

C'est sans doute pourquoi les sandwichs font battre notre cœur, qu'on soit jeune ou moins jeune.

Pour l'amour de l'hiver, un *nabe* solitaire

Le saké bu dans un verre à moutarde, ça va très bien avec une table en formica.

« Voilà ! Je vous sers ? »

La serveuse, une petite dame en tablier blanc (à vue de nez, cinquante-deux ans), saisit le col du flacon et remplit mon verre. Ceci n'est pas un banal alcool de riz. C'est du saké à la nageoire de poisson. De fugu, plus précisément.

Une nageoire de poisson-globe bien grillée, couleur caramel, flotte dans mon saké chaud. Attirée par l'arôme, je prends mon verre mais il est brûlant ! Je retire précipitamment mes doigts pour éviter la brûlure, trop tard. Les effluves d'alcool me montent à la tête.

En plein hiver, le quartier de Dôtonbori à Osaka est le paradis du *tetchiri*, le pot-au-feu de fugu. Dans ses ruelles, les tentations sont multiples.

Pot-au-feu *tetchiri*
Sashimi *tessa*
Peau de fugu bouillie
Cubes de fugu
Saké aux nageoires ou à la laitance

Aiguillonnée par la voix des rabatteurs et la vue des menus, mon envie de fugu se fait fulgurante. Poisson d'élevage ou poisson sauvage ? Peu m'importe à cette heure. Poussée par un désir irrépressible, je ne sais plus où donner de la tête. Le fugu est une créature ensorcelante. Une seule gorgée de saké aux nageoires brûlant, et me voilà au pays des rêves.

Un pot-au-feu de fugu pour moi toute seule, à Dôtonbori. C'est, à vrai dire, un luxe que j'ai découvert il y a une dizaine d'années. Par une soirée d'un froid mordant, en voyage, l'idée m'est venue de me réchauffer avec un bon *tetchiri*. J'ai téléphoné à une connaissance originaire d'Osaka, qui m'a dit: « Va donc chez *Yotaro*. C'est là que les gars du coin vont manger un pot-au-feu en descendant du saké. »

Yotaro, maison fondée en 1959, est un restaurant de fugu qui rappelle l'âge d'or de Dôtonbori. Poussez la porte et vous voilà dans l'éden du *tetchiri* à déguster en solitaire.

Au comptoir, un homme d'âge mûr en blouson et casquette plate, et un jeune homme en costume. Avec deux sièges vides entre eux, ils gardent leurs distances. Un coup d'œil suffit à les cerner. Ils plongent leurs baguettes d'un geste sûr dans la marmite devant eux. Leur dos sévère leur donne des airs de loup solitaire.

La classe…

Le *tetchiri* n'est pas juste un plat qu'on déguste seul. Je le comprends immédiatement. Il demande une certaine expérience. Ce *nabe* à manger en solo, dans une atmosphère lourde de sous-entendus, ne se trouve qu'à Osaka. Il y a là quelque chose d'inimitable pour le nouveau venu. Confrontée à ce défi, j'avais alors éprouvé à la fois de l'attirance et de la déférence pour le pot-au-feu solitaire.

Me voici donc cet hiver à Dôtonbori, pour la première fois depuis bien longtemps. Un peu après dix-neuf heures, dans la rue commerçante de 2-chôme: on y trouve bien sûr des restaurants de fugu bon marché et des établissements haut de gamme, mais aussi des petits bars, des marchands de tabac, des restaurants d'*okonomiyaki*, des hôtels, des cafés… et au beau milieu de ce mélange de néons et d'odeurs urbaines, il y a *Yotaro*.

A peine ai-je poussé la porte et franchi le seuil que le temps s'écoule plus lentement. Ici, rien ne change jamais. Je me trouve transportée dans les années 1960.

« Bonsoir. C'est pour une personne ? Je vous donne une table à l'étage, si vous souhaitez prendre votre temps… »

Le tablier blanc bien amidonné de la serveuse du rez-de-chaussée (à vue de nez, quarante-sept ans) a des airs d'antan. Son aimable recommandation me fait choisir l'étage. Dans la salle aussi exiguë que le trou d'une anguille s'alignent les tables pour quatre personnes, dont trois sont déjà occupées. Des nuages blancs de vapeur d'eau dansent ici et là.

YOTARO, DÔTONBORI

Sur le menu accroché au mur, seulement trois plats :
Chirinabe, 5 080 yens
Sashimi, 2 480 yens
Soupe de riz *ojiya*, 390 yens
Je n'ai pas la moindre hésitation.
« Un *chirinabe*, s'il vous plaît. »

Vu que je suis seule, du sashimi en plus, ça ferait trop. Pour la boisson, du saké aux nageoires de fugu, qui m'est servi sans attendre. Je le déguste en me brûlant gaiement, toute à la joie de renouer avec ce plaisir.

« C'est prêt ! » annonce une serveuse (à vue de nez, cinquante-cinq ans) en déposant une marmite en aluminium sur le réchaud qui trône sur la table. Le bouillon doré, lumineux, fait de petites vagues. Dans des coupelles, du *momiji-oroshi* (daikon et piment rouge râpés), de la ciboule et du daikon râpé. A côté, une théière contenant la sauce aux agrumes. Et voilà le plat de fugu.

De gros cubes de chair ferme et de la peau bien gélatineuse. Des feuilles de chrysanthème d'un vert vif. Du chou chinois aux feuilles rigides, coupées en tronçons grossiers. Des collybies à pied de velours. Deux épais morceaux de tofu. Une fine lamelle de pousse de bambou et une tranche effilée d'aubergine. Par-dessus le tout, un *mochi* grillé. Au total, huit ingrédients empilés pour former une petite montagne.

Clac !

Une flamme bleue jaillit du réchaud ; l'heure est arrivée d'attaquer mon *nabe* en solitaire.

Je commence par deux morceaux de fugu avec les arêtes, puis, quand le liquide bout de nouveau, j'ajoute les côtes du chou chinois. C'est tout l'art du *tetchiri*. Ces deux ingrédients enrichissent le bouillon. Tout en sirotant mon saké aux nageoires, j'attends impatiemment que le liquide se remette à bouillir.

A la table juste derrière moi, un couple d'âge mûr partage la même marmite.

« Je lui ai dit, tu ne penses vraiment qu'à toi, ça va pas du tout.

— Ah ah, et alors ?

— Attends, je vais tout te raconter. »

On croirait entendre les premières phrases d'un duo de comiques d'Osaka. A une autre table, un papy affublé d'une cravate texane (à vue de nez, soixante et un ans) et une jeune fille aux cheveux teints (à vue de nez, vingt-cinq ans) forment un drôle de couple. Je me laisserais bien aller à contempler la salle, mais stop ! c'est que j'ai du travail. Pour apaiser le liquide qui bout maintenant à gros bouillons, j'y ajoute des morceaux de poisson et du tofu, puis je goûte aux ingrédients déjà cuits, plongés dans la sauce aux agrumes. Quand on est seule, il y a de quoi s'occuper.

La chair élastique est bien ferme sous la dent. Il n'y a pas à dire, le fugu est vraiment le poisson roi en hiver. Le bouillon bout toujours, alors j'y plonge d'un coup les parties tendres du chou chinois.

Un pot-au-feu dégusté en solo, c'est un bonheur particulier. On a le plaisir de tout gérer comme on l'entend. Le degré de cuisson, l'ordre dans lequel ajouter les aliments, le moment où les sortir de la marmite, les quantités, on fait ce qui nous chante. On s'absorbe dans son propre plaisir, sans avoir à se préoccuper d'autrui. En un mot, c'est le summum de l'égoïsme culinaire.

D'après la serveuse qui m'a apporté ma marmite, les clients seuls sont souvent de fins gourmets :

« Les habitués ont chacun leurs petites manies. Untel veut plus de bouillon dès le départ, tel autre préfère qu'on n'en rajoute pas en cours de route, d'autres veulent avoir la paix… Vraiment, il faut se préoccuper du moindre détail. »

Les gens qui viennent manger seuls un pot-au-feu *tetchiri* connaissent bien leurs goûts. Ils savent quel luxe c'est de savourer un moment rien qu'à soi. Il y a ceux qui prennent leur temps et attendent que la chair se soit imprégnée des saveurs du bouillon, ceux qui aiment changer leurs habitudes et essaient la peau à peine blanchie, laissent le chou chinois cuire jusqu'à ce qu'il soit tout ramolli ou rajoutent du daikon râpé au piment dans leur sauce aux agrumes pour qu'elle pique : à chacun ses préférences. Comme ils savent qu'avec un peu d'ingéniosité, les saveurs changent du tout au tout, ils s'activent sans cesse. Sinon, le pot-au-feu solitaire perdrait tout son sel.

A force de me concentrer sur la marmite devant moi et de régler sans arrêt la puissance du feu, je ne me suis pas aperçue que la montagne de fugu et de légumes avait disparu. L'horloge indique déjà vingt heures. Un riche arôme émane du deuxième verre de saké aux nageoires que je me suis fait servir et je me sens réchauffée jusqu'aux orteils. Dans la marmite aussi, le calme règne maintenant ; le moment est venu de déguster la soupe de riz.

« Une soupe de riz *ojiya* et un ravier de légumes en saumure pour la 14 ! lance d'une voix puissante la serveuse de tout à l'heure. Allez, c'est moi qui vous prépare la soupe. »

Quel tour de main extraordinaire !

Elle ajoute un peu de bouillon dans la marmite, le porte à ébullition, y verse le riz qu'elle étale avec sa spatule et laisse gentiment frémir. C'est alors qu'elle dégaine son arme secrète : d'une main, elle saisit un sachet d'algues sèches qu'elle effrite lentement. Avec de petits craquements secs, les algues se réduisent en poussière entre ses doigts. Lorsqu'elle considère que le riz s'est suffisamment imprégné du bouillon doré, elle bat vivement un œuf, le verse dessus et, une fois le mélange teinté d'un jaune tendre, elle déchire le sachet d'algues pour en répandre le contenu. Les pétales noirs tombent en dansant dans la marmite.

Ses gestes sont sûrs et précis. Elle saisit un bol.

La saveur de la soupe de riz brûlante qu'elle me sert me laisse sans voix. Les grains de riz gorgés de bouillon aux arômes de fugu, ronds et souples, roulent en douceur sur ma langue. Toutes les frontières sont abolies entre le riz, le bouillon, les œufs et les algues qui, moelleusement entrelacés, intimement enchevêtrés, glissent vers mon estomac.

Quel tomber de rideau exceptionnel ! Repue des moindres délices offerts par le théâtre *Yotaro*, je frôle l'extase. J'ai le regard perdu dans le vague quand la serveuse qui passe me lance, sûre d'elle :

« Si vous voulez, je peux vous servir un thé chaud ! »

Une serveuse du rez-de-chaussée (à vue de nez, soixante et un ans) me remercie à la sortie et je me mets en marche, le ventre plein et le corps tout à fait réchauffé. Un souffle d'air nocturne balaie mes joues, agréablement frais.

Je lève les yeux vers le ciel hivernal de Dôtonbori : la lune brille fort.

Après Asakusa 1-chôme, continuez tout droit sur l'avenue Kokusai-dôri jusqu'à Kôen-rokku. Tournez à gauche au coin du restaurant de *sukiyaki* et vous verrez un rideau de devanture blanc danser dans le vent.

Dessus, trois caractères fièrement tracés à l'encre d'un noir vif : *Do-ze-u*.

Nous sommes chez *Iidaya*, restaurant spécialisé dans la loche depuis 1902.

La loche, c'est LE mets des quartiers populaires. Le *dojô-nabe* (ou *dozeu-nabe*), pot-au-feu de loches mijotées dans un bouillon sucré-salé, est un délice addictif. La saison de la loche, c'est au début de l'été, mais la saveur de ce plat en plein hiver, accompagné d'un flacon de saké, pénètre au plus profond de votre être. Je connais une femme qui sait s'adonner à ce petit plaisir solitaire : Mlle Yamada (de son vrai nom), vingt-neuf ans (de son vrai âge), une enfant du quartier.

Mlle Yamada est une amie avec qui il m'arrive de partager un pot-au-feu ou un verre. Son père est d'Asakusa, sa mère de Shibuya, et elle-même a grandi dans le quartier voisin de Yanagibashi. C'est une vraie fille de la ville basse, dont le sang se met à bouillonner à l'approche du Sanja-matsuri, l'une des plus importantes fêtes de Tokyo. Elle est comme chez elle à *Iidaya*, que sa famille fréquente régulièrement. Chez les Yamada, on a pour habitude d'aller prendre un verre là-bas après avoir assisté au tournoi de sumo.

« C'est nourrissant et bon marché, les loches, j'adore ça ! Quand j'ai envie de boire une bière mais qu'il fait encore jour dehors, je viens faire un tour ici. C'est plus facile que d'entrer dans un restaurant de *soba* », m'affirme-t-elle.

A cette déclaration faite en passant, je dresse l'oreille : le pot-au-feu de loches, plus abordable que les nouilles de sarrasin ?

Ça, c'est un avis de pro. Renseignements pris, son grand-père aussi adorait le *nabe* de loches, et il était plutôt pointilleux sur la question : nul n'avait le droit de toucher à son plat, il s'en occupait personnellement. Faire cuire ses loches lui-même, c'était son truc. D'ailleurs, cela me rappelle les mots du patron d'un autre restaurant de loches d'Asakusa :

« Les hommes, avant, étaient maîtres dans l'art de régler le feu sous le *nabe.* »

Il ne faut pas faire n'importe quoi, sous peine de mal manger. Pour les hommes du peuple, la cuisson du *nabe*, c'était du sérieux.

Avec Mlle Yamada, qui a grandi entourée d'hommes du peuple, tout commence par une bouteille de bière et du *dokara*. C'est ainsi qu'elle appelle la friture de loches et de grande bardane. Ensuite, un ravier d'*uzaku* (de l'anguille au vinaigre) pour se rafraîchir le palais, avant de passer aux choses sérieuses avec le pot-au-feu. Ce qu'elle préfère, c'est bien entendu le *maru-nabe*, des poissons mijotés entiers. Dans la marmite, de tendres loches précuites, des lamelles de grande bardane et de la ciboule émincée. Avant tout, elle commence par picorer la ciboule et la grande bardane imprégnées de bouillon. Tout en savourant lentement son pot-au-feu, à son rythme, elle passe de la bière au saké Gekkeikan tiré directement du tonneau.

« En réalité, j'aimerais bien boire un peu plus, mais je ne suis pas encore assez mûre. »

Quoi qu'elle en dise, personne ne peut ignorer une jeune et jolie femme comme elle, seule au restaurant. Mais Mlle Yamada a grandi en apprenant les codes de la conversation des quartiers populaires :

« Si vous n'avez pas de repartie, vous passez pour une andouille. Il suffit d'avoir l'air perplexe parce que vous ne saisissez pas une blague ou un jeu de mots pour qu'on vous traite de pucelle. »

IIDAYA, ASAKUSA

UN VERRE DE SAKÉ
GLOU
BON APPÉTIT !
PFFF
PFFF
HMM
Y A PAS À DIRE,
RIEN DE MEILLEUR
AVEC LA CIBOULE.
GLOU
五百円
千円
AHHH

Si on lui dit : « Une bière en pleine journée ! Je vois qu'on ne s'en fait pas », elle rétorque sans hésiter :

« A votre santé !

— A la tienne, et n'oublie pas de manger ! »

On peut l'asticoter, elle ne se démonte pas :

« Tu manges des loches pour te mettre en forme ; où vas-tu donc comme ça ?

— Ça, c'est un secret. »

La riposte est immédiate. Quand elle est seule, une fille de la ville basse ne baisse jamais la garde, c'est une règle d'or.

Iida Tatsuo, le patron d'*Iidaya* – établissement renommé d'Asakusa depuis quatre générations –, est né en 1951.

« Même les personnes qui, d'habitude, ne lèvent pas le petit doigt, s'occupent de la cuisson de leur *nabe* ici, souligne-t-il en riant. Le pot-au-feu de loches, c'est parfait pour se faire plaisir en solo, ou pour montrer qu'on sait y faire. »

Comme il s'agit d'un plat populaire, il n'y a pas de règles établies, mais il existe tout de même une façon idéale de le déguster :

« Tout d'abord, ne pas prolonger indéfiniment la cuisson. La marmite ne doit pas bouillir longtemps ; une fois le feu allumé, mangez en sirotant un verre. C'est comme pour les sushis, vous avalez sans traîner ce qui vous est servi. Les habitués qui viennent pour caler un petit creux prennent une soupe de loches et du riz et hop, ils repartent. »

M. Iida lui-même, lors de ses jours de repos, aime bien aller boire un coup et grignoter quelque chose tout seul.

« Manger un *nabe* en solo, ça a de l'allure, pour les hommes comme pour les femmes. L'autre jour, une jeune personne est venue en manger un, avec une bière. J'adore ça quand un client me demande s'il peut s'installer tout seul. Je m'empresse de bien l'accueillir, de lui dire de prendre son temps. C'est agréable de pouvoir échanger un peu. C'est comme ça qu'on fait les choses, à Asakusa, et c'est notre fierté. »

M. Iida se retire avec élégance, en s'excusant d'avoir trop parlé. Un modèle à suivre, quand on va seul au restaurant.

Revenons à notre demoiselle Yamada avec son *nabe* qui s'achève sur une note masculine, encore une fois héritée de son grand-père : elle verse du bouillon dans la marmite désormais vide et prélève dans le pot mis à disposition de la ciboule émincée, qu'elle met à mijoter. Une fois la ciboule bien cuite, elle la picore du bout de ses baguettes.

« Mon grand-père appelait ça "la ciboule du pauvre", parce qu'on ne fait cuire que cela. C'est un peu gênant vis-à-vis du restaurant, mais quand je suis seule, j'aime bien finir mon repas ainsi. »

Son premier verre pris toute seule, à marquer d'une pierre blanche, c'était quand elle était étudiante : une Margarita dégustée au bar du *Hilltop Hotel*, rendez-vous des écrivains. Dix ans plus tard, un *dojô-nabe* devant elle, elle a encore affiné son art de la boisson en solitaire. Elle vide sa marmite sans tarder, à la façon des quartiers populaires, prête à aller boire un autre verre ailleurs.

Les pruniers sont à l'aube de leur floraison soudaine. Je me sens portée par l'arrivée prochaine du printemps qui s'annonce, mais il est trop tôt pour se laisser séduire. Au coucher du soleil, on a encore envie de renouer avec les tièdes bouffées blanches de vapeur d'eau.

C'est pourquoi aujourd'hui je me sens comme aspirée chez *Daini Chikara Shuzô* dans le quartier de Nakano à Tokyo. La quantité d'affichettes annonçant le menu aux murs, les saveurs, le confort : tout est digne de ce bistro qui est l'un des plus prisés le long de la ligne ferroviaire Chûô. Le pot-au-feu solitaire parfait vous y attend.

J'ouvre la porte coulissante d'un geste ferme ; il est à peine dix-huit heures trente, mais la vaste salle est pleine, même les tables du salon du fond sont presque toutes occupées. Chance inespérée, il reste une place à la sorte d'îlot central qu'est le comptoir en forme de V. Je me dépêche de m'installer et, après avoir commandé du tofu en cocotte et un flacon de saké chaud pour commencer, je lève les yeux vers l'écran de télévision dans un coin de la pièce.

Aujourd'hui, les concours d'entrée dans les universités privées battent leur plein, m'informe le journal de la NHK. Tiens, c'est vrai, c'est la saison des examens. Laitance de morue à la sauce aux agrumes. Huîtres panées. Noix de ginkgo. Miso vinaigré. Ananas de mer aux viscères d'holothurie salés. Encornets mijotés. Feuilles de chrysanthème blanchies. Holothurie au vinaigre. Soupe de trionyx de Chine. Cassolette de trionyx de Chine… Le menu fleure bon les saveurs hivernales. Je savoure paresseusement un sébastolobe mijoté, une spécialité de la maison, quand on dépose une marmite devant le *salaryman* qui me fait face (à vue de nez, quarante-six ans).

Pot-au-feu à la morue, aux huîtres, aux poissons variés, au fugu, à la lotte de mer… Duquel peut-il bien s'agir ? Je tends un peu le cou ; je parierais sur de la lotte de mer. Le foie du poisson et le bouillon au miso se mêlent dans la marmite. L'homme fait passer sa cravate dans son dos d'un geste décidé, il est prêt.

Ce soir, sur dix places au comptoir, trois sont occupées par des hommes seuls qui dégustent un pot-au-feu. La serveuse qui s'occupe d'eux (à vue de nez, trente-trois ans) ôte l'écume d'une marmite avec sa louche,

DAINI CHIKARA SHUZÔ, NAKANO

sort d'une autre le chou chinois cuit à point, elle va et vient entre les clients, discrète mais efficace, prévenant leurs désirs. Sa silhouette, alors qu'elle verse dans un bol la soupe de riz qu'elle vient de préparer avec le reste de bouillon, se confond peu à peu à mes yeux avec celle de la déesse de la miséricorde.

Le *nabe* solitaire le long de la ligne Chûô n'est pas tout à fait le même qu'à Dôtonbori ou Asakusa. Ici, on savoure son pot-au-feu tout seul, mais avec, au bout du compte, l'envie de se faire dorloter. Les hommes sont tristes si on ne les chouchoute pas. Un peu de douceur les apaise et les enivre. Leur lassitude se dissout dans les volutes de vapeur d'eau.

Ma dégustation de pot-au-feu en solo est tombée dans les oreilles de l'un de ces hommes, ce qui m'a valu un regard accusateur.

« Vous exagérez, tout de même, d'y aller sans moi. »

Ce reproche émane du jeune Y., que vous connaissez bien. Mieux vaut ne pas se le mettre à dos. Eh bien, accompagnez-moi donc, lui dis-je, et c'est bien entendu chez *Yotaro*, à Dôtonbori, que je l'emmène. Je l'envoie s'entraîner au *nabe* solitaire tandis que je patiente devant un pot-au-feu de baleine.

Une heure et demie plus tard… Le jeune Y. qui émerge de chez *Yotaro* a l'air encore tout ébaubi.

« C'était un véritable délice. La dame au comptoir m'a gentiment appris tout un tas de choses : "Commencez par faire cuire les côtes du chou chinois, ça donne du goût à la soupe", "Le fugu, il vaut mieux mettre les morceaux avec des arêtes en premier", "Le bouillon a forci, ajoutez-en donc un peu". »

Tant mieux ! La serveuse (à vue de nez, quarante-cinq

ans) a sans doute deviné sa qualité de novice au premier coup d'œil, ça a dû l'attendrir.

« Vous venez de Kyoto ou de Tokyo? s'est-elle enquise.

— De Tokyo.

— Le fugu à Tokyo, c'est cher, non?

— Oui, très cher. C'est inabordable.

— Pour 10 000 yens, on n'a pas le même fugu à Tokyo qu'à Osaka, pour sûr. »

Du coup, le jeune Y. s'est lancé:

« On peut reprendre du poisson? »

Il en fallait plus pour déstabiliser son interlocutrice:

« Pas juste du poisson, non, il faut reprendre des légumes avec. Sinon vous y perdriez, voyez-vous, parce que les légumes, c'est comme si on vous les offrait. »

La montagne de chou chinois, de feuilles de chrysanthèmes et de collybies à pied de velours servis dans une grande assiette, tout ça, c'est comme « offert »? Le calcul à la façon des gens d'Osaka me laisse bouche bée.

Après avoir sucé jusqu'aux arêtes du fugu, enivré de son premier pot-au-feu *tetchiri* en solitaire, le jeune Y. a connu, paraît-il, le point d'orgue de sa première visite chez *Yotaro* avec la soupe de riz *ojiya* qui vient couronner le repas.

« Je n'en revenais pas. Figurez-vous que la serveuse s'est soudain mise à réduire en poussière les algues dans leur sachet. J'étais scotché. Et alors, quand elle a versé la poudre d'algues sur le riz, ce mariage... »

Incapable d'en supporter davantage, il a déclaré d'une toute petite voix:

« C'est succulent. Vraiment délicieux... Cette saveur, elle vient du fugu?

— Non, c'est notre bouillon maison. »

Une soirée à Dôtonbori recèle maints secrets. C'est ainsi que le jeune Y. a vidé les quatre bols de soupe de riz contenus dans la marmite, sans en laisser un seul grain.

De mon côté, je me suis régalée d'un pot-au-feu de baleine chez *Nishitamamizu* à Shimanouchi.

La saveur des feuilles de moutarde japonaise bien fraîches et de la chair de la queue du rorqual boréal, cuites au court-bouillon, est l'un des délices d'Osaka en hiver. Mastiquez la portion brûlante qui vient de vous être servie et sentez le goût puissant de la baleine pénétrer jusqu'à vos gencives. Les feuilles de moutarde cultivées dans le grand froid, pleines de vigueur, sont bien croquantes. La robustesse du jus de gingembre vient relever les saveurs et, à la fin du repas, vous vous sentez réchauffé jusqu'à la moelle.

NISHITAMAMIZU, SHIMANOUCHI

« Ah, je n'en peux plus, s'écrie le jeune Y., vaincu. Jamais je n'aurais imaginé qu'un *nabe* solitaire, c'était aussi bon. »

La prochaine fois, il ira se colleter avec le pot-au-feu de loches entières à Asakusa, m'annonce-t-il avec conviction.

Le plaisir de l'attente. D'un repas savouré rien que pour soi, sans être dérangé. C'est ça, le goût du *nabe* en solo. Ne vous inquiétez pas, vous avez encore du temps devant vous. Avec le froid hivernal qui s'accroche, la saison n'est pas terminée.

Allons manger de l'ours

Un manteau blanc illumine l'obscurité. En fin d'après-midi, la neige fondue s'est transformée en gros flocons qui, depuis, tombent sans discontinuer. Je regarde le toit de la maison voisine : il est déjà recouvert d'une épaisse couche blanche. Devant les premiers flocons de l'hiver à Tokyo, une réflexion me vient : à l'heure qu'il est, les ours dans la montagne hibernent-ils, bien au chaud ? Et les sangliers, les cerfs ?

J'en mangerais bien. De cette chair grasse qui, quand on la mastique, libère lentement des saveurs puissantes qui vous renversent les papilles. Ce goût particulier qui éclate en bouche avec des échos sourds, vous élance jusqu'à la moelle. Depuis que j'y ai goûté, les saveurs sauvages de l'ours, du sanglier et du cerf – différentes de celles du bœuf, du porc ou du mouton – se rappellent à moi quand arrive le froid.

Il y a une dizaine d'années de cela, lorsque je me suis pour la première fois régalée de sanglier au cœur des montagnes d'Iga, j'ai été prise au piège. Un ami du coin m'avait emmenée dans un restaurant secret où un chasseur expérimenté préparait lui-même les bêtes qu'il avait tuées. Au bout d'un chemin forestier désert, nous avions poussé la porte d'une simple baraque préfabriquée chauffée par un poêle à bois. Assis sur des tatamis, nous buvions un verre quand on nous a tout d'abord servi de la viande de cerf crue. C'était le produit de la chasse du même homme. De la viande rouge, légère, à la saveur délicate. J'étais encore sous le coup de cette surprise gustative quand le sanglier est arrivé.

La chair ressemblait vraiment à une pivoine, fidèle à son surnom de *botan-nabe* – « pot-au-feu de pivoine ». Un foisonnement de pétales rouges et blancs dont le lustre m'a coupé le souffle. Lorsque j'en ai saisi un entre mes baguettes, la fleur de pivoine s'est doucement défaite, jetant des lueurs appétissantes. Réunis autour de la marmite, tombés sous le charme, nous avons mangé en silence. La saveur de ce pot-au-feu de sanglier était renversante.

Espérez et vous serez récompensé. Il y a deux ans, en hiver, un énorme colis de viande de cerf m'a été livré, en provenance du massif de Kishû. Laissez-moi vous conter l'histoire : un ami roulait dans la montagne au petit matin lorsque son véhicule a percuté un cerf soudain surgi des bois. Faisant bon usage des connaissances engrangées au fil de longues années passées dans les montagnes, il a lui-même dépecé l'animal et m'a envoyé un colis de viande crue. Je me suis empressée de découper le filet reçu et de le faire griller : un vrai délice. La texture soyeuse et fraîche de la chair simplement revenue à l'huile d'olive et au sel libérait lentement ses saveurs douces. Ce goût incomparable m'a une nouvelle fois émerveillée.

Nous sommes au cœur de l'hiver. A moi l'ours ! J'ai décidé d'aller en manger dans les montagnes de Shiga.

« De l'ours ?

— Oui.

— De l'ours, comme Winnie l'ourson ?

— Oui.

— Ça se mange ?
— Bien sûr que oui. Et même…
— C'est bon ?
— C'est délicieux. »

A l'autre bout du fil, le jeune Y. en reste coi. Cela se comprend. Quand un ours se met soudain à danser devant vos yeux, rien de plus naturel que de prendre peur. J'ai déjà mangé, autrefois, de la soupe miso et du ragoût d'ours quelque part dans les montagnes d'Aizu. La chair était ferme, les parties grasses moelleuses sous la dent sans être écœurantes, c'était bon. Mais quelques pauvres petits morceaux ne suffisant pas à bien connaître l'ours, j'étais restée sur ma faim. Un jour, j'en savourerai une platée et je découvrirai le secret de sa saveur, m'étais-je promis…

J'avais une idée derrière la tête. Je savais que l'auberge *Hira-sansô*, située dans le massif de Hira, entre Kyoto et Wakasa dans le département de Shiga, servait du pot-au-feu d'ours, le *tsuki-nabe*. A vrai dire, deux ans plus tôt, j'avais visité durant l'été cet établissement ouvert en 1959 et aujourd'hui tenu par le petit-fils du fondateur. J'y étais allée pour leurs truites sauvages pêchées dans l'Adogawa. La saveur du poisson frais grillé au sel dépassait tout ce que j'avais pu en entendre dire et j'en avais englouti dix. Sur le chemin du retour, ma compagne de voyage, Satô Masako, avait marmonné une phrase qui n'était pas tombée dans l'oreille d'un sourd : « Vivement que ce soit la saison de l'ours. »

Elle m'avait alors conté, d'une voix pleine d'émotion, les délices du *tsuki-nabe*, le « pot-au-feu de lune » ainsi baptisé par l'auberge *Hira-sansô*, éveillant mon envie. Dix-huit mois plus tard, l'occasion se présentait enfin. Le pot-au-feu d'ours était arrivé avec l'hiver.

Mais l'histoire ne s'arrête pas là. La chance était avec moi.

Ce matin-là, j'étais à l'aéroport de Haneda, prête à embarquer pour Komatsu. A l'instant où je sortais mon téléphone portable pour l'éteindre, il s'est mis à sonner. C'était Itô Takeji, le propriétaire de l'auberge *Hira-sansô* :

« Un chasseur vient de me contacter, il a abattu le premier ours de la saison. Il doit le dépecer après-demain, jeudi ; voulez-vous venir ? »

Sa voix pleine d'entrain m'a réveillée pour de bon.

« Vous pouvez compter sur moi. J'arriverai par le premier Shinkansen. »

En faisant ma réservation pour manger du *tsuki-nabe*, j'avais exprimé le souhait qu'il m'appelle si un ours était abattu. J'allais manger un animal de la montagne ; je voulais lui rendre hommage en personne. Autrefois, dans les steppes de Mongolie, j'avais eu l'occasion d'assister au dépeçage d'un mouton par le propriétaire de la yourte dans laquelle je séjournais. Le spectacle de la bête peu à peu débitée d'une main experte contenait en soi l'essence des relations entre les animaux et l'homme. La dureté de la vie dans la nature. La solennité de l'acte d'ôter la vie. Après avoir effleuré l'essence de ce que signifie se nourrir, j'avais mangé ce mouton. Sa chair simplement mijotée dans une marmite, séparée de l'os à la pointe du couteau, je l'avais savourée en en imprimant la saveur dans mes papilles, dans une tentative de me rapprocher du quotidien de ce peuple nomade qui se nourrit de ses compagnons de steppe.

S'il m'était donné d'approcher, dans les mêmes conditions, l'ours de la montagne ! Tout en sachant pertinemment que cette chance ne se présentait que rarement, je l'avais espéré du fond du cœur.

Et mon vœu avait été exaucé.

Un froid intense me frigorifie les pieds tandis que le vent glacé me fouette les joues. Alors qu'en cette saison, le paysage devrait normalement être enseveli sous un épais manteau blanc, pour une raison inconnue, cette année, la neige ne fait pas mine de s'installer bien que le mois de janvier soit fini. Nous sommes à Hira, un tranquille village montagnard le long de la « route du maquereau » qui reliait autrefois Kyoto à Wakasa. Le massif de Hira s'étend jusqu'au mont Hiei. Sur la route de montagne à la frontière sinueuse entre les départements de Kyoto et de Shiga, dans la voiture de M. Itô, le propriétaire de l'auberge *Hira-sansô*, nous filons toujours plus loin dans la montagne, en direction de l'ours.

La maison du chasseur émérite qu'est Matsubara Isao se trouve au cœur de la forêt. A soixante-sept ans, c'est un vétéran qui a passé plus de quarante années à parcourir les bois à la poursuite d'animaux. Son territoire couvre une vaste zone – de Katsuragawa à Shiga jusqu'à Hanase et Kurama à Kyoto, en passant par le domaine de Kutsuki – et sa réputation n'est plus à faire. Sa prise, cette fois-ci, est une ourse noire d'Asie qui s'apprêtait à hiberner. La chasse à l'ours, interdite dans les départements de Kyoto, Osaka et Hyôgo, est autorisée dans celui de Shiga.

Après avoir salué M. Matsubara, nous pénétrons dans son atelier où, sur une bâche étalée à l'arrière de son pick-up, repose sur le dos un impressionnant animal au poil noir luisant.

« Il doit peser dans les soixante kilos. C'est mon premier ours de l'hiver. »

La rencontre, inopinée, a eu lieu dans la montagne, où M. Matsubara a tué la bête d'un coup de fusil. Il l'a éviscérée sans tarder, l'a lavée dans la rivière et l'a suspendue à un pont durant deux jours pour la vider de son sang.

« Allez, on s'y met. »

Il saisit son couteau à la façon d'un poignard – le pouce sur le haut du manche et l'auriculaire près de la garde ; ses traits se durcissent, trahissant sa concentration.

La pointe effilée du couteau bien aiguisé qu'il tient dans la main droite se plante dans la fourrure noire et drue, sous le ventre déjà fendu en deux. La lame pénètre sans peine et file à l'horizontale tandis que la main gauche tire sur la peau, dévoilant la graisse d'un blanc immaculé dessous. Tous ses muscles en alerte, M. Matsubara dépouille la bête avec des gestes adroits. Une fois la peau ôtée, l'animal sera coupé en quartiers pour en débiter la viande, c'est toujours ainsi qu'il procède. Après le ventre, les pattes arrière, puis les pattes avant, les épaules et enfin la tête. Pour commencer, la moitié droite de l'ours étendu sur le dos est dépecée à coups de couteau précis qui, progressivement, le séparent de son épaisse fourrure.

Quelle riche graisse ! Une couche épaisse se love entre la peau et les muscles, rendant le corps tout blanc. Une question me traverse l'esprit : quel peut bien être son indice de masse corporelle ?

« Sous le vêtement noir apparaît un vêtement blanc, murmure le jeune Y.

— C'est succulent, vous savez, répond M. Itô avec un petit rire. La saveur de la graisse fait tout le goût de la chair. Mais quel tour de main impressionnant ! Si on essayait, notre couteau n'arrêterait pas de riper, on n'irait pas aussi vite. »

L'animal est dépecé sans en abîmer la peau, sans gâcher la graisse, à petits coups de lame sûrs.

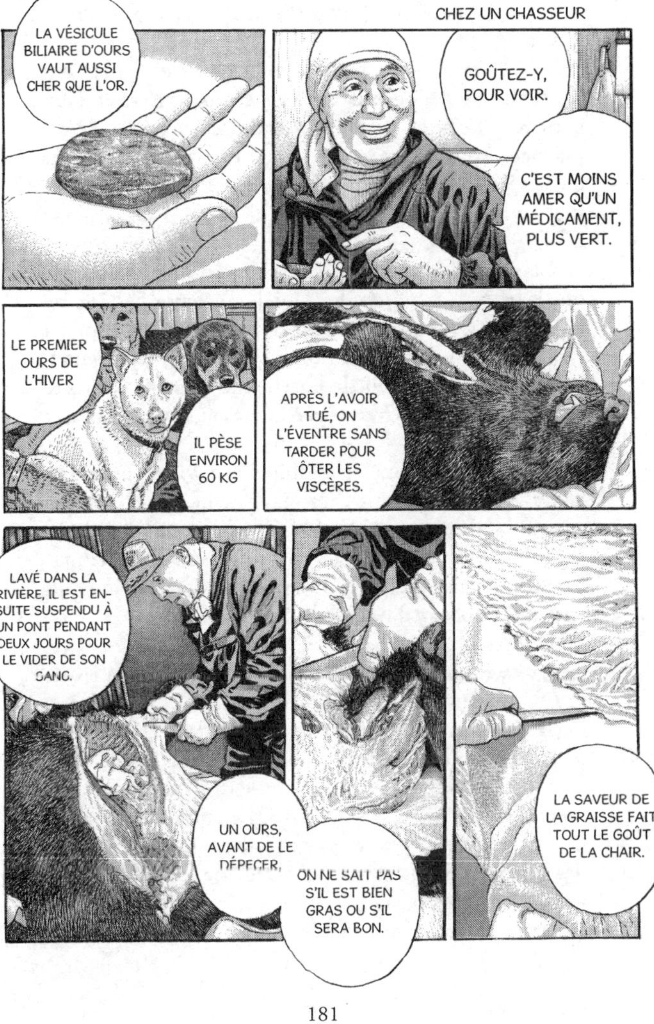
LA VÉSICULE BILIAIRE D'OURS VAUT AUSSI CHER QUE L'OR.
CHEZ UN CHASSEUR
GOÛTEZ-Y, POUR VOIR.
C'EST MOINS AMER QU'UN MÉDICAMENT, PLUS VERT.
LE PREMIER OURS DE L'HIVER
IL PÈSE ENVIRON 60 KG
APRÈS L'AVOIR TUÉ, ON L'ÉVENTRE SANS TARDER POUR ÔTER LES VISCÈRES.
LAVÉ DANS LA RIVIÈRE, IL EST ENSUITE SUSPENDU À UN PONT PENDANT DEUX JOURS POUR LE VIDER DE SON SANG.
UN OURS, AVANT DE LE DÉPECER,
ON NE SAIT PAS S'IL EST BIEN GRAS OU S'IL SERA BON.
LA SAVEUR DE LA GRAISSE FAIT TOUT LE GOÛT DE LA CHAIR.

« Bien sûr, ça fait quand même quarante ans que je fais ça. »

M. Matsubara, qui fait l'admiration de ses camarades chasseurs, est un puits de savoir, pétri de sagesse et d'expérience. Débiter l'animal prendra plus d'une demi-journée. Après une pause, il noue une serviette autour de sa tête, comme pour se redonner du courage, et se met à parler :

Les pièges, c'est moche. C'est pas amusant d'attendre que la bête se fasse prendre. Moi, je n'attends pas, je pars à l'attaque. Débusquer le gibier, risquer sa vie, il n'y a rien de plus excitant au monde. Quand j'étais jeune, je ne fermais pas l'œil de la semaine avant l'ouverture de la chasse le 15 novembre. Maintenant encore, je suis surexcité.

Mon fusil de chasse est équipé d'un viseur laser. Les balles volent à la vitesse du son, donc quand on entend « pan ! », la cible est déjà touchée. Moi je tire pour tuer, je vise les points mortels, car si l'ours ne s'effondre pas, il vaut mieux se carapater. Je suis content de moi quand j'arrive à l'abattre d'une seule balle.

Je vise soit l'aorte, soit entre les yeux. Un ours, de face, c'est énorme, mais de profil ça n'est pas bien épais. Je tire à moins de vingt mètres. C'est qu'il bouge vite. Le sanglier, ça fait des bonds, mais l'ours, c'est comme les chats, ça file tout droit, à l'horizontale. Un ours, c'est un gros chat. Prenez un trou dans le tronc d'un marronnier : si la tête passe, le reste aussi. Quand un ours se bat avec un chien, c'est à coups de griffes. Une tape dans le dos et c'est fini. Et comme il a plus de forces en tirant vers lui qu'en poussant, s'il arrive à prendre le chien entre ses pattes, il lui écrase la boîte crânienne.

Quand il voit un humain, l'ours déguerpit sans demander son reste. Il grimpe comme une flèche en haut des arbres, alors faut arriver par-derrière, discrètement, et lui tirer dessus depuis le côté. On vise juste à l'avant de l'oreille. Dans la montagne, ils sont chez eux. Il suffit d'un cliquetis de fusil pour qu'ils prennent la poudre d'escampette, mais si on se retrouve nez à nez, ils attaquent. Un jour, il y en a un qui m'a foncé dessus, il a couvert trente ou quarante mètres en un clin d'œil ; je me suis dépêché de tirer et je l'ai eu, mais si mon fusil s'était enrayé, j'étais fichu. Ça arrive, parfois, un fusil qui s'enraye.

Pour sûr, je me donne des sueurs froides. Mais je sais évaluer les situations, les centaines de données que j'ai emmagasinées me reviennent. Parce que je connais la forêt comme ma poche. Après telle arête, c'est tel chemin, telle cascade, telle vallée, et sur telle autre arête il y a tel ou tel arbre, tout ça est gravé en moi.

Mon père aussi était chasseur. A partir de 1945 environ, je l'ai aidé à nettoyer son fusil le soir. Vers sept ou huit ans, j'ai eu une carabine à air comprimé avec laquelle j'allais jouer. En hiver, quand les moineaux et les geais s'approchaient de la maison, même si mes copains faisaient de la luge, moi, je tirais les piafs. Je m'entraînais sur des boîtes d'allumettes ou des boules de neige à une trentaine de mètres de distance. Je me suis amélioré petit à petit.

Pour mon premier ours, j'avais vingt-cinq ans. J'en ai abattu un qui dormait, d'un coup de fusil. Quand j'ai eu trente ou quarante ans, c'est devenu dur de trouver des chiens de chasse. Ça change pourtant tout.

Un chien, s'il est incapable de chasser l'ours, il n'en mangera pas non plus. Il bouffera du cerf et du sanglier, mais pas une bête plus grosse que lui. Ceux qui chassent l'ours en mangent, eux. Chaque chien est différent; prenez-en une douzaine, il n'y en aura que deux ou trois qui ne craignent pas l'ours. L'ours, ça a une odeur particulière quand ça se met en colère, une odeur spéciale, sauvage et forte; les chiens qui ont du sang aïnou se jettent dessus.

Des chiens comme ça, il faut en trouver, et faire les croisements soi-même. Pour que ça marche, le propriétaire du chien doit d'abord apprendre à me connaître. Les chasseurs, c'est tous des types un peu spéciaux. On boit un coup, on discute d'un tas de choses, et le gars se dit d'accord, toi, je veux bien te donner un de mes chiens. Mais même avec une portée de six ou sept chiots, il arrive qu'on fasse chou blanc, il faut les élever et les utiliser pour savoir. C'est le hasard, on n'y peut rien. En ce moment, j'ai une douzaine de chiens au chenil. Je les élève tous de la même manière. Les chiens, ça a l'esprit grégaire, si deux ou trois attaquent, les autres suivent. Mais seuls les plus enragés se précipitent sur un ours pour lui faire la peau. Les autres se contentent d'aboyer autour, ils restent en retrait.

Les chiens, on s'y attache. Quand un de ceux que j'ai élevés avec grand soin meurt au fond des bois, je chiale. Je l'enveloppe dans ma veste ou dans mon blouson, il ne bouge plus et il pèse lourd, mais je le remporte coûte que coûte pour l'enterrer. Mes chiens et moi, on ne fait qu'un. J'en ai déjà perdu plusieurs dizaines.

Mon plus gros ours faisait plus de deux cents kilos. Je fais toujours mouche, je n'ai jamais gâché une seule balle. Mais j'en ai déjà logé une dans la vésicule biliaire. C'était une fin d'après-midi, il commençait à faire sombre et on n'y voyait plus grand-chose, j'ai tiré trois fois. J'ai léché le liquide pour voir, c'était amer. La vésicule biliaire, ça se vend aussi cher que l'or, faut pas la trouer. C'est souverain contre la gueule de bois ou le mal de ventre, quelques gouttes et vous êtes guéri. Après avoir tué l'ours, c'est ce qu'on prélève en premier, pour la mettre à sécher.

Je ne sais pas si c'est à cause du réchauffement climatique, mais la montagne a drôlement changé. Lors de l'Exposition universelle, en 1970, il y a eu des travaux gigantesques, la montagne a été ouverte depuis Miyama jusqu'à Senri. A ce moment-là, les sangliers ont changé leurs habitudes, et puis des routes ont été élargies, des chemins forestiers percés. De jeunes arbres ont été plantés, mais les cerfs les ont boulottés. L'écosystème a été complètement bouleversé. La population de cerfs a augmenté et les sangliers se sont déplacés. Autrefois, ces animaux-là, on les trouvait au fond des vallées du massif, loin dans la neige, mais ils se sont progressivement rapprochés des hommes, maintenant, on en voit tout près. On a plus de mal à trouver des ours.

Mon estomac grogne. De retour à l'auberge *Hira-sansô*, je patiente dans ma chambre à l'étage ; j'entends des voitures se garer devant l'établissement. Des gens en descendent en bavardant gaiement, il y a de l'animation dans l'entrée. Ce sont des clients venus spécialement pour manger de l'ours. Soudain, l'impatience m'envahit. Dans l'après-midi, j'ai vu de près un chasseur émérite en dépecer un, je me sens plus proche de l'animal, j'éprouve également de la gratitude à son égard. Les bêtes qui sont nées et ont grandi dans les forêts intactes des monts Hira sont un cadeau de la nature. La joie et l'excitation d'en savourer la chair sur place me submergent.

Dix-neuf heures. Je gagne la salle à la japonaise où est dressée la table. Le jeune Y., soucieux de ne rien laisser échapper du *tsuki-nabe,* et Mlle E., la photographe, arrivent.

« C'est enfin l'heure, se réjouit-il.

— C'est une grande première pour moi. Je ne savais même pas que ça se mangeait, l'ours », déclare-t-elle.

Tous deux ont l'air un peu tendus. Pourquoi la viande d'ours éveille-t-elle davantage d'allégresse que celle de cerf ou de sanglier ? Peut-être parce que les esprits de la forêt habitent son corps noir et massif ? Comme pour apaiser notre émoi, le premier plat nous est servi.

Saké au yuzu

Sushi de truite fermentée

Laitance de carpe à la vapeur

Un lever de rideau digne de l'établissement. Les truites pêchées dans l'Adogawa sont mises à fermenter au sel durant six mois avant de subir une deuxième fermentation au printemps ; au fil du temps, chaque tranche de chair se gorge de bactéries lactiques qui développent des saveurs riches, un peu acides. Les environs du lac Biwa possèdent, il faut le préciser, une longue tradition de fermentation du carassin. Ce plat phare de l'auberge *Hira-sansô* – qui s'inspire de ces techniques traditionnelles, appliquées à la truite – se révèle onctueux et moelleux en bouche. Un mets parfait avec du saké. La laitance de carpe à la vapeur, chaude et fondante, glisse vers l'estomac qu'elle réchauffe, apaisante.

L'assiette suivante luit de fraîcheur :

Sashimi de carpe

Sashimi de cerf

Sashimi d'omble chevalier

Le mariage subtil de ces trois espèces m'émerveille. La carpe est ferme sous la dent. L'omble à la chair lisse évoque l'eau vive. Le cuissot de cerf est savoureux. Tous trois se donnent la main pour vous inviter à plonger dans les montagnes de Hira et leurs saveurs.

Plat grillé : gnathopogon braisé

Je croque dans ce poisson d'eau douce spécifiquement japonais ; la peau bien grillée révèle une chair tendre, brûlante, et des arêtes cuites à point. C'est un cadeau du lac Biwa, introuvable ailleurs qu'ici.

C'est alors que la porte coulissante s'ouvre et qu'un petit brasero rempli de braises rougeoyantes est déposé au milieu de la table.

« Tiens tiens !

— Nous y voici. »

Le *tsuki-nabe* va enfin apparaître. L'heure de faire connaissance avec l'ours de Hira est arrivée. La calligraphie qui orne le mur veille sur notre tablée.

Ramassez les glands, mais laissez-en aux ours.

Ce vers est d'Ibaraki Kazuo. La marmite en terre posée sur le brasero laisse échapper des volutes de fumée. La pièce se réchauffe et l'atmosphère s'adoucit. La maîtresse de maison, Yukiko, apporte d'abord un grand plat de légumes.

« Feuilles de chrysanthème, poireaux, aralie sauvage et persil japonais. Tous les légumes sont choisis exprès pour le pot-au-feu d'ours. Les poireaux viennent de chez un producteur de Nishikamo qui nous envoie une partie de sa récolte. »

Tous sont d'une telle fraîcheur qu'ils font concurrence à la vapeur d'eau.

« Mon mari vous apporte bientôt la viande. Le mieux est encore de confier l'ours à un ours. »

Nous éclatons de rire et patientons en buvant du saké chaud.

« Désolé de vous avoir fait attendre. » Winnie l'ourson apparaît dans l'embrasure de la porte, souriant. Derrière les lunettes, ses yeux sont amicaux. Il porte à deux mains une grande assiette ronde.

HIRA-SANSÔ, SHIGA

OH!
C'EST BEAU.
BLO
BLO
CETTE VIANDE...
C'EST CHAUD!
HUM
DÉLI-CIEUX!
LES PARTIES GRASSES
SONT FERMES SOUS LA DENT.
AHHH!
ON RESPIRE DE L'AIR PUR
ET ON SE RÉCHAUFFE...

« Oh ! »

Tous les regards sont fixés sur le contenu du plat.

Plus que des fleurs de pivoine, on dirait des camélias sous la neige. L'intérieur des pétales blancs disposés en rosace laisse apercevoir du rouge, comme des veinures, et le contraste entre les deux couleurs forme un tableau d'une beauté saisissante. Savoir sa chair si délicatement et joliment disposée doit réjouir l'ours noir d'Asie.

« Permettez-moi de préparer le pot-au-feu. »

Dans la marmite bouillante tombent un à un les pétales de camélia. Après les avoir laissés se déposer sur le liquide, le maître de maison les saisit sans tarder de ses baguettes pour nous les servir.

« Mangez sans attendre, dès que c'est prêt. »

Je goûte aussitôt une lamelle de viande brûlante, transformée par la chaleur en un morceau de dentelle gaufrée.

C'est goûteux, ample. Et léger en même temps. Malgré le gras, pas la moindre trace de lourdeur. Pas plus d'arrière-goût ou d'odeur forte. Le moelleux du bouillon fait ressortir la saveur de la viande, dont le gras et la chair se mettent mutuellement en valeur. Il n'y a pas l'âpreté, la rudesse du sanglier. On n'est pas dans un registre hardi, brut ou sauvage. Plutôt dans la délicatesse. Avec, en même temps, une générosité qui embrasse la montagne. La texture ferme en bouche pousse à bien mastiquer. Mes papilles sont sidérées.

« Ça donne une tout autre image de l'ours, murmure le jeune Y., submergé par l'émotion. Chaque mastication fait ressortir les saveurs. C'est succulent. »

Mlle E., qui avait timidement tendu ses baguettes, a les yeux qui brillent et les joues rouges.

« Je ne savais pas à quoi m'attendre, j'étais un peu inquiète. Mais quelle saveur douce !

— Vous aviez l'image effrayante d'un chasseur d'antan vêtu d'une peau d'ours qui vous attendrait près du feu ? demande M. Itô avec un sourire.

— Exactement. »

L'élégance extraordinaire du *tsuki-nabe* est le fruit des efforts répétés de M. Itô. Dans cette auberge dont il a repris la direction après son père, il souhaitait servir des mets qu'on ne trouverait qu'ici, à Hira. C'est avec cet objectif en tête qu'il a mis au point le pot-au-feu d'ours. La viande lui est fournie par les chasseurs voisins, à commencer par M. Matsubara. Précisons qu'il n'avait aucunement l'intention d'attirer la clientèle avec des plats sortant de l'ordinaire.

« J'étais certain que l'ours n'avait rien à envier à d'autres viandes, sur le plan gustatif. Personnellement, j'aime beaucoup sa chair ; si l'on me demandait ce que je veux pour mon dernier repas sur terre, ce serait de l'ours. »

Les ours, comme M. Itô, sont nés et ont grandi à Hira. La rudesse de l'hiver passé tapi sous la neige comme l'euphorie du printemps et des premières fontes tant attendues sont leur patrimoine commun, des joies partagées. C'est pour cela que le *tsuki-nabe* va droit au cœur de ceux qui y goûtent. C'est une saveur qui doit tout à ce terroir, à cette auberge, à ce maître de maison.

Ce soir-là, à *Hira-sansô*, trois autres groupes sont attablés. Tous viennent de loin spécialement pour goûter au pot-au-feu d'ours ; les éclats de voix enjouées qui s'échappent çà et là des cloisons coulissantes sont la preuve de l'attrait de ce mets.

Impossible de poser mes baguettes. Je ne cesse de me resservir, sans jamais ressentir un poids sur l'estomac. Les paroles de M. Matsubara, le chasseur rencontré dans la journée, me reviennent à l'esprit :

« En hiver, les ours sont trois fois plus gros qu'en été. Parce qu'il leur faut se préparer à passer trois mois sans boire ni manger. Les glands sont leur nourriture préféré. Du printemps jusqu'au milieu de l'été, ils mangent des mûres. Ils se nourrissent aussi de la sève des cèdres et des chênes. »

L'ours est le messager de la montagne, le serviteur de la forêt. C'est sans doute ce qui confère à sa chair sa délicatesse, sa générosité. Sa graisse d'un blanc immaculé, luisante, c'est le gras des glands et des arbres.

SANCTUAIRE KITANO TENMAN-GÛ

Les légumes servis avec sont tout aussi délicieux. Riche amertume des feuilles de chrysanthème, fraîcheur du persil du Japon, parfum de l'aralie, douceur des *mochi* aux marrons. Le jeune Y. a le regard chaviré :

« J'ai bien chaud, j'aurais presque envie d'hiberner.

— Moi, j'en mangerais bien encore », rétorque Mlle E. sans la moindre hésitation.

Sans doute les ours entrent-ils ainsi en hibernation, le ventre plein. Nous terminons le *tsuki-nabe* avec des nouilles *udon* locales bien fermes, avant de clore le repas par un bol de soupe miso à la carpe et du riz accompagné de légumes en saumure maison.

Le lendemain matin, au cœur de l'hiver, l'auberge *Hira-sansô* baigne dans une tendre lumière. Les montagnes au loin sont enveloppées de brume matinale. Au plus profond de la forêt, les ours sont sans doute endormis, roulés en boule. La veille, M. Itô m'a expliqué l'origine du *tsuki-nabe*, le « pot-au-feu de lune » :

« L'ours, ça se mange quand il neige, avant l'éclosion des fleurs au printemps. J'ai emprunté un caractère à la trilogie *neige, lune et fleurs* chère aux poètes et aux peintres, celui de la lune, *tsuki*, pour nommer ce plat. »

Hier, l'ours a pénétré mon corps, en même temps que le terroir de Hira. Manger des êtres vivants, c'est pour l'homme une façon de marquer son respect envers la nature, de lui dire sa gratitude, de l'accompagner. Je l'ai profondément ressenti.

Sur le chemin du retour, après avoir passé le col Hanaore et suivi la route du maquereau jusqu'à Kyoto, je décide de faire un crochet par le sanctuaire Kitano Tenman-gû. A la frontière entre hiver et printemps, les chimonanthes odorants déjà en fleur laissent flotter leur parfum enivrant.

ADIEU *JURAKUDAI*, RESTAURANT POPULAIRE DE L'ÈRE SHÔWA

« Noboru ! Par ici, par ici ! »

Cinq messieurs à la chevelure poivre et sel et à la fine moustache tournent la tête en même temps pour faire signe à Noboru, qui prend place à leur table, le souffle court.

« Pardon, je suis en retard. J'ai fait un crochet par le sanctuaire Yushima-tenjin. Vous avez commencé sans moi ?

— Désolé, mais on ne t'a pas attendu. Mademoiselle, vous nous remettrez une pression, s'il vous plaît !

— On prend aussi quelque chose à grignoter !

— Bonne idée. Mademoiselle, un plat d'huîtres frites.

— On n'en sert plus depuis le mois dernier.

— Alors, des croquettes panées à la viande hachée.

— Si vous pouviez choisir des plats qui sont au menu, s'il vous plaît.

— Certes. Alors ce sera deux spaghettis au ketchup ! Un plat de nouilles sautées à la mode de Nagasaki, un porc à la sauce aigre-douce et un assortiment de fritures.

— Ça fait trop, je te dis, on n'arrivera jamais à manger tout ça. »

Et les voilà qui trinquent une seconde fois. Les six hommes à ma gauche ont la pêche. A ma droite, un papy qui ressemble à l'acteur Ban Junzaburô avec son petit-fils. Un plat de nouilles de sarrasin froides devant lui, et un *cream soda* avec des pancakes devant l'enfant en culotte courte.

« C'est bon ?

— Oui.

— Tant mieux. »

Quatre heures moins dix, un samedi après-midi au tout début du printemps. Nous sommes à Ueno, chez *Jurakudai*.

Depuis son ouverture en 1959, ce restaurant a traversé un demi-siècle d'histoire, aux pieds du samouraï Saigô Takamori, statue emblématique du quartier de Ueno. Avec cent couverts le long des fenêtres et deux cents aux tables basses sur les tatamis, la salle est immense. Et haute de plafond. Les allées sont flanquées de lampadaires. Il y a même une pièce d'eau. Et des rambardes rouges. Une atmosphère de fin du XVIe siècle – les lieux s'inspirent du palais de Toyotomi Hideyoshi, le Jurakudai, dont l'établissement tire son nom. Mais à l'entrée se dressent des étagères à chaussures en bois, comme dans les bains publics.

Qu'est-ce qu'on est bien ici ! L'atmosphère est paisible. Dans la salle entièrement moquettée de rouge, les tables sont généreusement espacées. Les clients rient à gorge déployée, joyeux, sans se soucier de leurs voisins. Devant trois dames âgées qui se sont mises à l'aise, les jambes étendues, trônent des sushis, de l'omelette fourrée au riz, un bol de riz garni de légumes sautés. Une fois l'estomac plein, elles pourraient très bien s'allonger et faire leur sieste sur place. De l'autre côté, un groupe dans la cinquantaine bavarde gaiement, réuni autour d'un vieux monsieur en chemise blanche et cravate texane. Sans doute des anciens élèves avec leur professeur. Il y a aussi des couples, des employés du quartier, des gens seuls, et tout le monde est détendu. L'atmosphère est relax, comme dans la salle de repos d'un bain public. Je ne connais aucun autre restaurant où la clientèle semble si heureuse.

C'est au début des années 1980 que j'en ai entendu pour la première fois le nom, alors que j'étais étudiante. Nous déjeunions au restaurant universitaire quand ma camarade de dortoir, Noguchi, a dit : « La première fois de ma vie que j'ai mangé du gratin, c'était à Ueno, chez *Jurakudai*. Quand je suis venue à Tokyo avec ma mère pour passer les examens d'entrée à l'université. Je portais mon uniforme de lycéenne. J'étais terriblement émue. Il faut dire que ma tante m'en avait tellement parlé. »

Noguchi est originaire du département d'Aomori. Sa tante, qui avait vécu à Tokyo dans sa jeunesse – elle était partie y travailler comme tant d'autres jeunes à l'époque –, lui avait rebattu les oreilles de ce paradis de la capitale, le restaurant *Jurakudai* où l'on vous servait toutes ces raretés qu'étaient la cuisine à l'occidentale, les sushis, les tempuras ou encore le *cream soda*. Jusqu'à la mise en service du Shinkansen avec pour terminus la gare de Tokyo, Ueno était la porte d'entrée des régions du Nord. C'était là qu'on arrivait débordant d'espoir, et de là qu'on repartait le cœur gonflé de souvenirs. *Jurakudai*, juste en face de la gare, était donc un lieu spécial.

« Quand j'ai dit ça à mon petit copain de l'époque, il m'a rétorqué que ça ne risquait pas d'être bon dans ce resto de ploucs et qu'il m'emmènerait manger des lasagnes dans un vrai restaurant. »

Mais il était délicieux, ce gratin, a-t-elle affirmé avant de reprendre :

« Chez eux, tout est bon. Pour moi, tous ces plats, c'est le goût de Tokyo. »

Voilà comment le nom de *Jurakudai* s'était profondément gravé dans mon esprit, sans que j'aie jamais eu l'occasion de m'y rendre. Et j'en ai entendu reparler il y a quelques années.

« La bière de *Jurakudai*, c'est la meilleure de Ueno. Directement livrée par l'usine, on ne fait pas plus frais. »

Tiens donc? Je m'y suis précipitée et qu'elle était bonne, cette bière pression bue à grands traits! Sans parler de la friture de poisson et de coquilles Saint-Jacques à la panure croustillante ou de la salade au jambon aux saveurs d'autrefois. Et que dire de l'assiette de la dame âgée à la table voisine? Des spaghettis au ketchup garnis de poivrons, d'oignons, de carottes et de morceaux de saucisse qu'elle dévorait à belles dents et dont la couleur rouge vif attisait mon appétit.

Les saveurs sages d'ici ne vous prennent pas à la gorge. Tous les plats ont le goût qu'on attend d'eux. C'est justement parce qu'ils répondent à vos attentes qu'ils sont rassurants. Je vois très bien ce que voulait dire Noguchi quand elle parlait du « goût de Tokyo ».

Plus j'y allais, plus j'aimais ce restaurant. Le vaste ciel de Ueno à travers les baies vitrées. Les trains filant sur les voies à intervalles réguliers. Le carrefour animé en contrebas. Une chope de bière à la main, ce spectacle vous faisait oublier les vicissitudes du quotidien.

Un soir, nous devions dîner à cinq pour fêter la fin d'un projet. Partout on nous rebattait les oreilles du guide Michelin, c'en était lassant; quand nous avons décidé d'aller chez *Jurakudai* pour souffler un peu, Maki a sauté de joie:

JURAKUDAI, UENO

« Génial ! Ça fait trente ans que je n'y ai pas mis les pieds, depuis l'école primaire ! On était allés voir les pandas au zoo de Ueno et, au retour, mes parents m'y ont emmenée manger un menu enfant. Cela dit, honnêtement, c'était plus chic à la cafétéria du grand magasin Takashimaya, où il y avait un drapeau sur le riz et un jouet avec le menu. »

Dix-neuf heures. Nous nous retrouvons, pleins d'entrain, et rangeons nos souliers dans l'étagère à chaussures. Nous avançons sur la moquette rouge, entre les clients tranquillement assis autour des tables basses, pour nous installer au fond. A peine avons-nous ouvert les menus que chacun laisse échapper un petit cri.

« Du bœuf en daube *hayashi* ! Des brochettes panées ! De l'anguille grillée ! Des croquettes au crabe ! Des makis au thon ! Des nouilles à la soupe de légumes !

— Oh, ce menu spécial, c'est un rêve. Ça n'existait pas quand j'étais petite. De l'omelette fourrée au riz, des crevettes panées, un sauté de porc au gingembre et une soupe, le tout pour 1 100 yens !

— Je vois aussi des croquettes panées au jambon, et des raviolis japonais !

— Moi, je vais prendre un menu *râmen* avec un mini-curry et un cocktail Denki Bran. »

C'est n'importe quoi. Des adultes – moyenne d'âge quarante-huit ans – surexcités rien qu'en ouvrant le menu. Il y a du riz au curry, des nouilles de sarrasin avec des tempuras, du gratin… on ne sait plus où donner de la tête. Après moult efforts pour mettre un semblant d'ordre dans notre commande, voici le résultat :

Croquettes panées au jambon. Brochettes panées. Salade de tomates. Tofu froid. Fèves de soja bouillies. Assortiment de saucisses. Gratin de macaronis aux crevettes. Omelette fourrée au riz garnie de bœuf en daube *hayashi*. Spaghettis au ketchup. Assortiment de fritures. Et pour commencer, une bière pression chacun, de taille moyenne.

Un rêve. C'est le mot pour décrire le spectacle sur notre table.

Nishi, cinquante et un ans et novice chez *Jurakudai*, en pleurerait presque :

« Tout ce qui me faisait rêver quand j'étais gamin, là, sous mes yeux. Quand on allait à la cafétéria dans un grand magasin, j'avais envie de tout mais je ne devais rien dire, quelle torture c'était ! »

Tomomi, quarante-huit ans, dont le dernier dîner à Ueno remonte à une invitation au *Seiyôken*, il y a dix-sept ans, pour un repas de mariage, a le souffle court :

« Je ne sais pas, mais je suis surexcitée. »

Allez, on se reprend, et pour commencer, on trinque ! Vite, nous entrechoquons nos chopes de bière, impatients de décompresser. Il n'y a pas à dire, c'est bien la meilleure bière de Ueno. Et l'omelette au riz et le gratin ont le goût qu'on espérait. Nous commentons les plats lorsque Nishi, qui feuilletait le menu, s'écrie d'une drôle de voix :

« C'est quoi, ce *Saigô-don* ?! »

Ah, ça… Je me penche vers lui avec un fin sourire.

Ça, c'est LE plat signature de chez *Jurakudai*. Du porc fondant, de la pâte de poisson frite, des tempuras de patate douce, du poulet haché, de la rogue de colin, des épinards et un œuf mollet au milieu, le tout sur un lit de riz. Toutes les spécialités de l'ancien domaine de Satsuma, la région d'origine de Saigô Takamori, rassemblées dans un bol, bref, un défi extraordinaire.

« Ce défi, je le relève ! » décrète Nishi.

La tablée échouant à l'en dissuader, notre commande s'enrichit d'un *Saigô-don*.

Le bol est énorme. C'est de la folie. De la pure folie.

Mis k.-o., nous finissons par nous déclarer vaincus ; un à zéro pour le *Jurakudai*. Saturés, nous avons l'estomac prêt à exploser. Ce qui ne nous empêche pas de commander pour le dessert un *banana boat* et trois boules de glace, que nous nous partageons. Un bon repas bien arrosé, pour 5 830 yens chacun. La soirée s'est paresseusement écoulée.

Chez *Jurakudai*, il y a de tout. Des plats occidentaux, chinois, japonais, des sushis, des menus enfant, du saké et de la bière, tout ce qu'on veut. C'est un restaurant populaire modèle. Il suffit d'y entrer pour être sûr de bien manger et de repartir le ventre plein pour une addition modérée. Un curry, une côtelette de porc panée, un bol de riz garni ? Ici, il y a tout ce que vous voulez. Le restaurant populaire, c'est le trésor d'un quartier, le héros du peuple.

OMELETTE FOURRÉE AU RIZ ET STEAK HACHÉ, 945 YENS

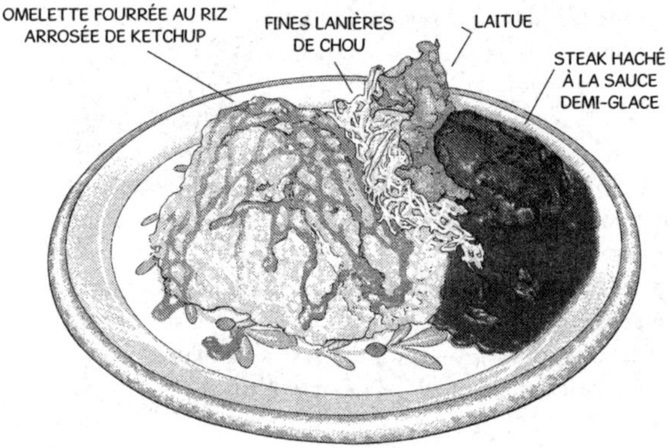

C'est en 1924, l'année suivant le séisme du Kantô, qu'a ouvert le premier restaurant populaire du Japon : le *Sudachô shokudô* dans le quartier de Kanda-Sudachô. Il a été fondé par Katô Seijirô, un entrepreneur originaire du département de Niigata. Le succès a été immédiat, grâce à une formule simplifiée de la cuisine occidentale – qui était alors le summum du chic. Le slogan était : « Délicieux, rapide et bon marché ». A vrai dire, le *Sudachô shokudô* a été le précurseur de *Jurakudai*.

Si son fondateur avait choisi le quartier de Sudachô, c'est parce qu'à l'époque, la proximité du marché de gros des primeurs attirait du monde. Il a eu du flair, et *Sudachô shokudô* est devenu une institution à Tokyo en matière de cuisine à l'occidentale. Profitant de son succès, il a immédiatement décliné l'enseigne, avant de baptiser son entreprise florissante *Juraku*, en 1934. Le nom, choisi par le public à l'occasion de l'ouverture d'un

SAIGÔ-DON
(SERVI AVEC SOUPE MISO ET LÉGUMES EN SAUMURE), 924 YENS

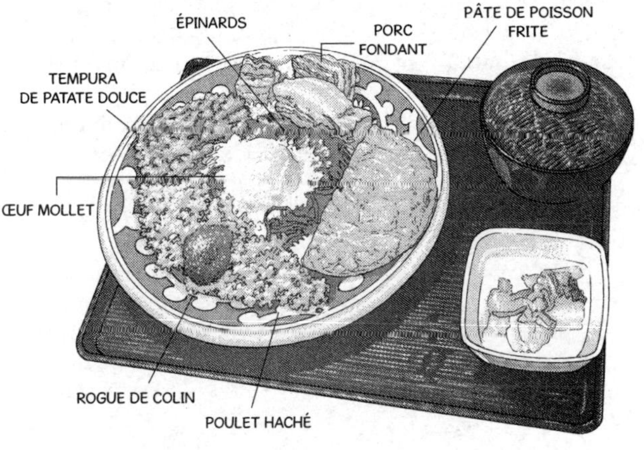

« grand magasin de la cafétéria » à Shinjuku, symbolisait le souhait d'en faire un lieu où tout le monde pouvait se réunir dans la joie.

C'est en 1959 que l'établissement s'est installé dans ses murs actuels, aux premier et deuxième étages des grands magasins Ueno. Louer deux étages d'un grand magasin en pleine déconfiture semblait une folie à laquelle beaucoup se sont opposés en interne, sans parvenir à faire changer d'avis le fondateur. Il avait encore vu juste : le succès est au rendez-vous et *Jurakudai* prospère.

« C'était fou, se rappelle Sugawara Jirô. Le week-end, les gens faisaient la queue dès avant l'ouverture, on faisait salle comble en un clin d'œil. Pendant les grandes vacances et les congés d'hiver, c'était tous les jours samedi et dimanche ! Du matin au soir, la salle ne désemplissait pas de familles attablées. »

Autour des années 1980, on travaillait sans avoir le temps de faire une pause, ajoute celui qui était alors en charge des mets occidentaux dans les cuisines. La file d'attente s'étirait parfois à l'extérieur, jusqu'en haut des marches du parc de Ueno, aux pieds de la statue de Saigô Takamori. Avant ou après une visite au cinéma, au zoo ou au musée, manger chez *Jurakudai*, c'était l'assurance de faire plaisir à toute la famille. Le père buvait un verre, la mère savourait un plat occidental, les enfants un menu spécialement concocté pour eux. *Jurakudai* était le temple du divertissement, le point d'orgue d'une sortie en famille.

Mais rapidement, le vent a tourné. Les goûts culinaires se sont diversifiés tandis que les restaurants spécialisés se multipliaient, et les tendances du « secteur de la restauration » (une expression nouvelle apparue à l'époque) ont évolué en boudant les cafétérias qui proposaient des plats au goût du plus grand nombre. C'est ainsi que les restaurants populaires ont commencé à passer de mode.

Malgré tout, à Ueno, *Jurakudai* tient bon. Kimura Fumitaka, du service commercial de Juraku, est formel :

« A Ueno, depuis l'ouverture, nous réalisons sans discontinuer un excellent chiffre d'affaires. Quasiment assez de bénéfices pour éponger les pertes de nos autres établissements. Il est amusant de noter que les jours fériés propres à chaque département, comme la "Journée des habitants de Saitama", nous réussissent particulièrement bien. Même si la gare de Ueno n'est plus le terminus du Shinkansen, elle est toujours celui de nombreuses lignes locales. Les gens viennent à Ueno, cela n'a pas changé. »

Chez *Jurakudai* flotte une atmosphère de jour de fête. Avec ses piliers rouges, sa pièce d'eau et ses étagères à chaussures, l'endroit manque un peu trop de raffinement pour être qualifié de rétro, mais étrangement, il suffit d'y pénétrer pour être envahi par l'excitation. Ici, les adultes retombent en enfance.

« Proposer un repas de fête à l'occidentale, c'est la tradition chez *Jurakudai* : le steak haché s'accompagne de spaghettis au ketchup, et le riz au curry est servi avec une crevette panée. Tout ce qu'on ne fait pas à la maison. Et puis, ici, on peut boire de la bière ou du saké en pleine journée, cela n'a rien d'inhabituel. Il en a toujours été ainsi, depuis le début. »

Juraku possède des établissements un peu partout, qui proposent chacun une carte et un cadre différents, dans un large éventail de prix. La générosité et la simplicité qui caractérisent le *Jurakudai* de Ueno sont le fruit de la rencontre entre le concept du restaurant populaire

et un lieu, une clientèle, qui ont évolué ensemble. Cette atmosphère qui vous permet de vous attarder à table en prenant vos aises ne se trouve qu'ici. Depuis que j'ai goûté à ce charme unique, c'est là que je viens prendre un verre après une visite au Musée national de Tokyo, ou manger des spaghettis au ketchup et une crème caramel avec une boule de glace après une promenade autour de l'étang Shinobazu ; *Jurakudai*, pour moi, c'est un havre de paix.

Mais voilà que vers la fin de l'hiver, une rumeur m'est parvenue aux oreilles : *Le restaurant Jurakudai de Ueno fermera ses portes le 21 avril.*

Ce que j'avais redouté allait se produire.

A la réflexion, c'était déjà un miracle qu'il existe. Il y avait le délabrement des grands magasins Ueno, qui sautait aux yeux quand on les longeait depuis la ligne

JR Yamanote. Le bâtiment à deux doigts de tomber en ruines était douloureux à voir. La brasserie du deuxième étage, autrefois bondée, avait fermé deux ans plus tôt. La dernière citadelle s'apprêtait désormais à se rendre, et la tristesse m'envahissait à cette idée. Encore un lieu cher à mon cœur sur le point de disparaître.

Peu après, un deuxième choc m'attendait. Un matin, alors que je regardais la télévision d'un œil distrait en buvant mon thé : *Fermeture du restaurant Cui-daore de Dôtonbori à Osaka le 8 juillet*

Cui-daore Tarô, le célèbre mannequin du rez-de-chaussée, ce symbole d'Osaka, allait-il lui aussi disparaître ?

Cui-daore a ouvert ses portes en 1949, dix ans avant *Jurakudai*. Les photographies de l'époque montrent un bâtiment en bois à un étage, au toit de tuiles noires, avec devant la vitrine un énorme placard annonçant : *Le grand magasin des saveurs.* Cuisine japonaise, occidentale ou chinoise, commandez ce qui vous plaît ! On a aussi de la bière bien fraîche. La naissance de ce restaurant populaire, c'était un rayon de soleil qui redonnait le sourire aux gens dans les décombres de l'après-guerre.

Et voilà que l'histoire des deux grands restaurants populaires de l'est et de l'ouest de l'Archipel arrivait à son terme. Quelle ironie du sort ! J'ai sauté dans le Shinkansen pour aller faire mes adieux à Cui-daore Tarô, mis à la retraite après soixante années de bons et loyaux services par tous les temps.

A Dôtonbori, la rue commerçante du quartier de Minami, une foule de gens se pressent devant le mannequin fidèle au poste. A son tour, chacun se fait prendre en photo à côté de lui. Mais je remarque une chose : les gens se contentent de prendre une photo, sans entrer dans le restaurant.

Ne repartez pas ainsi, Tarô est là pour vous attirer à l'intérieur ! La cause de la fermeture soudain claire, je suis toute dépitée.

Le restaurant *Cui-daore*, c'est sept cents couverts répartis sur huit niveaux. Je m'installe au rez-de-chaussée, dans le restaurant familial, et ouvre le menu. Pour commencer, je commande le plat phare, le *Cui-daore katsudon & mini-udon* – un bol de riz garni d'une côtelette panée et un petit bol de nouilles – à 1 280 yens. Pour Mlle I., qui m'accompagne, ce sera un gratin de *takoyaki*. Un choix qui ne s'est pas fait sans mal, après avoir longuement hésité entre le gratin de riz à l'omelette, les nouilles *udon* agrémentées de billes de pâte à tempura et le bœuf en daube *hayashi* avec des crevettes panées. Le *Cui-daore katsudon*, c'est une côtelette de porc panée surmontée d'une omelette, le tout recouvert de sauce. Quant au gratin de *takoyaki*, c'est une double dose de farine : des boulettes de pâte fourrée au poulpe baignant dans une sauce blanche. Une vaste blague qui aura eu raison de Mlle I., bien décidée à relever le défi. Pour le dessert, nous piquons allègrement nos cure-dents dans des « choux glacés façon *takoyaki* », 315 yens les cinq.

C'est le lendemain midi que je découvre le vrai goût d'Osaka. En compagnie de quatre amis du coin, je déguste un *sukiyaki* de là-bas, une fondue japonaise préparée avec du sucre, de la sauce soja et du saké chaud refroidi. Viande de bœuf, grande bardane émincée, tofu, vermicelles de konjac, champignons *shimeji* et poireaux remplissent une marmite basse installée sur un réchaud, dans laquelle la serveuse prépare la fondue d'une main experte.

Le bœuf, la bardane et le poireau bien imprégnés des saveurs fortes de la sauce sont délicieux.

« Seulement 3 500 yens par personne ! On nage en plein luxe.

— On se croirait en voyage. Un voyage dans le temps, "retour à l'ère Shôwa" (comme dans la chanson de Yokoyama Ken). »

En train de déguster tranquillement notre *sukiyaki* dans une salle à la japonaise au cinquième étage d'un vieil immeuble tout en hauteur, on est entre nous, comme à la maison. Avec le sentiment pas désagréable du tout d'être un peu hors du temps.

« On se sent carrément transportés.

— Vrai de vrai. Je ne connaissais pas du tout, ici. Quand on est du coin, on ne pense pas à aller manger chez *Cui-daore*, murmure quelqu'un.

— Comme si le mannequin à l'entrée bloquait le passage au lieu de l'ouvrir. »

Il est trop tard pour s'en attrister. Au mois de juillet, *Cui-daore* baissera le rideau pour de bon.

« Nous n'arrivons plus à attirer assez de clients pour payer la main-d'œuvre et les victuailles, se désole le gérant, Kakinoki Teruhisa. Et notre clientèle a brusquement changé. Les raisons sont multiples. D'abord, le nombre de théâtres de quartier a diminué à Minami, les gens ne viennent plus après le spectacle. »

La salle *B1 Kakuza* spécialisée dans les numéros d'humoristes, à quelques portes d'ici, a fermé au mois de mai, à la consternation générale.

« Et puis, reprend-il, à Osaka, c'est le prix qui compte avant tout. Vous pouvez faire de la bonne cuisine, si ce n'est pas bon marché, vous n'aurez pas de clients. Ici, nous préparons notre propre bouillon, et même les steaks hachés sont confectionnés à la main. On sert des plats faits maison, mais cela ne marche pas. Il s'est créé un fossé entre les attentes de la clientèle et notre offre, et nous n'arrivons plus à assurer notre équilibre financier. C'est une affaire familiale, avec les limites que cela comporte, et nous avons dû nous résoudre à fermer. »

Cui-daore a été, sous l'impulsion de son fondateur Yamada Rokurô, un homme connu pour ses idées hors norme, l'un des pionniers des restaurants populaires. Mais Cui-daore Tarô n'aura pas suffi à remettre l'établissement à la page. C'est fini. Adieu, l'ère Shôwa de Dôtonbori! Ce dernier *sukiyaki* avait le goût de la combativité des commerçants d'Osaka au sortir de la guerre.

21 avril 2008 dans le quartier de Ueno, à Tokyo. Le dernier jour est arrivé. Un pincement au cœur, je me rends à *Jurakudai*, où une surprise m'attend.

Tout est normal. Je m'étais apprêtée à affronter une longue file d'attente mais non, rien ; peut-être parce qu'il est seize heures trente, un horaire un peu bancal ? A ma droite, une vieille dame est seule devant son menu crevettes panées. A ma gauche, des parents âgés et leurs enfants mangent des *soba* aux légumes et des pancakes. Quant à moi, j'ai pris une omelette fourrée au riz. L'atmosphère est paisible, toujours aussi agréable.

Ma voisine, tout en arrosant ses crevettes panées de sauce, interpelle le couple assis à sa droite :

« C'est triste de se dire que c'est le dernier jour aujourd'hui. Quand ce restaurant aura disparu, je n'aurai plus nulle part où aller à Ueno.

— Lorsque j'ai lu dans le journal qu'il fermait aujourd'hui, ça m'a fait un choc, acquiesce son interlocutrice, ses baguettes en l'air. Avant notre mariage, on venait souvent manger ici après avoir fait le tour de l'étang Shinobazu. C'était notre sortie en amoureux.

— Ah bon, vraiment ? »

La conversation s'anime.

A vrai dire, la fermeture de *Jurakudai* a été décidée dans le cadre de la reconstruction du bâtiment des grands magasins Ueno, devenu vétuste. Cette atmosphère qui a vaillamment traversé un demi-siècle va disparaître pour de bon.

Nous n'oublierons pas les bons moments passés chez *Jurakudai* chaque printemps à la floraison des cerisiers. Les gens venaient les admirer à Ueno en pensant à leur village natal. C'était notre Source aux fleurs de pêcher moderne, un paradis devenu inaccessible. Dans le brouhaha, on flottait à travers les effluves printaniers, les joues rougies. On trouvait ici un rayon de bonheur.

« C'est triste de voir ce restaurant disparaître, mais je suis heureuse d'avoir pu y manger autant de bonnes choses », conclut ma voisine après avoir vidé son assiette. Avant de passer commande, tout sourire : « En dessert, je prendrai une crème caramel avec une boule de glace. »

Un siècle, et même deux

« Et si j'allais à Minami ? »

Mon enthousiasme ricoche sur les eaux de la Dôtonbori-gawa où se reflètent des lumignons bleus et rouges. A Minami, on peut manger de tout : il y a des bistros japonais avec leur lanterne rouge, des restaurants à l'occidentale, des algues confites au sel, de l'*oden*, des yakitoris... Et au milieu coule la Dôtonbori-gawa.

Cette étroite rivière au cours paresseux qui illumine le quartier animé de Minami, j'aime en contempler, depuis un pont, les ondulations vacillantes. Attirée par l'atmosphère propre à Naniwa – le cœur d'Osaka – qui flotte à la surface des eaux, je me sens doucement poussée vers l'entrée de la ruelle Hôzenji-yokochô. Les petites rues de Sennichimae y mènent tout droit.

C'est une ruelle raffinée. A la nuit tombante, en particulier, une atmosphère indicible s'en dégage. Les pavés humides, aspergés d'eau pour apporter de la fraîcheur, luisent faiblement. Un parfum d'encens flotte autour d'une statue bouddhique couverte de mousse. Quand on lève les yeux, on aperçoit un coin du ciel de Minami, derrière les enseignes colorées. Il règne ici une atmosphère voluptueuse. A chaque coin de rue, on s'attend à voir surgir Morishige Hisaya et Awashima

Chikage, les acteurs du film *Un couple parfait* réalisé par Toyoda Shirô en 1955.

Après les jours difficiles vient le temps de la réconciliation

Ces lignes de l'écrivain Oda Sakunosuke sont gravées sur une stèle érigée dans la ruelle. Oda Saku ! J'ai envie de l'interpeller d'une voix innocente, avec un signe de la main, comme Awashima Chikage, ou plutôt comme son personnage, Chôko. Parce que, comme elle, je m'apprête à aller manger un riz au curry chez *Jiyûken*.

Un couple parfait est le roman le plus connu d'Oda Sakunosuke, né en 1913 dans le quartier d'Ueshio à Osaka dans la famille d'un traiteur. Pour lui qui, jusqu'à sa mort à l'âge de trente-trois ans, n'a cessé d'écrire son amour d'Osaka, la meilleure cuisine était celle qu'on trouve à Minami. C'est ici que son héros, Koreyasu Ryûkichi, emmène sa maîtresse Chôko, geisha de son état, manger du tendon de bœuf dans une gargote, de la soupe de loches ou de baleine chez *Shiru-ichi* près du grand magasin Sogô rue Ebisubashi-suji, un plat de *mamushi* chez *Izumoya* à côté du pont Aiaubashi, du riz aux légumes et de la soupe à la lie de saké chez *Darumaya* à Sennichimae, du poulpe chez *Takoume* à Nihonbashi, de l'*oden* chez *Shôbentangotei* au sanctuaire Hôzenji… un tas de petits établissements tout simples.

Pour commencer, Chôko se fit la réflexion que c'était tout lui, de l'emmener dans un endroit pareil, mais il lui assena : « A-a-alors, c'est bon, hein, tu-tu-tu ne mangeras jamais rien d'aussi bon ailleurs. » Et il avait raison, c'était délicieux.

Ils avalent ensemble un *mamushi* (un plat d'anguille sur un lit de riz) chez *Izumoya*, avant d'aller écouter le conteur de *rakugo* Harudanji dans la salle de spectacles Kagetsu à Hôzenji. La scène où ils rient, repus, leurs mains moites entrelacées, est d'une sensualité extrême (Oda Saku avait alors à peine vingt-sept ans, comment pouvait-il aussi bien saisir les subtilités d'une relation amoureuse ?). Tout cela me donne envie d'aller à mon tour manger de l'anguille d'*Izumoya* et du riz aux légumes de *Darumaya* ; hélas, ni l'un ni l'autre n'existent plus.

Mais rassurez-vous. A Sennichimae, chez *Jiyûken*, le fameux riz au curry avec son œuf est toujours là. Ce restaurant ouvert en 1910 est aujourd'hui tenu par les arrière-petits-enfants du fondateur. Notre écrivain de l'école décadente, qui le fréquentait assidûment, fait savourer à Chôko ce célèbre curry.

Le-le-le curry d'ici, il est b-b-bien mélangé avec le riz, c'est bon.

Alors qu'elle est venue manger seule, exaspérée par Ryûkichi qui lui a barboté ses économies, à peine Chôko se remémore-t-elle les paroles de son amant qu'elle oublie ses écarts de conduite répétés et retourne se jeter dans les bras de cet homme dont elle est follement amoureuse, cédant à la douceur.

Mais le curry de *Jiyûken*, lui, est bien épicé et se démarque par ses saveurs profondes. Sur l'assiette blanche, le riz forme une masse moelleuse à laquelle le curry est « bien mélangé », ce qui lui donne sa couleur brun foncé. Dans le puits ménagé au milieu se love un œuf cru. Un tableau inoubliable, et un goût qui, quand il se rappelle à vous, vous plonge dans un état de manque. C'est le même curry qu'il y a cent ans. A chacun de mes passages dans la rue commerçante de Sennichimae, la vue de la devanture de *Jiyûken* me rassure. Je feuillette l'édition de 1968 des *Saveurs d'Osaka* (éditions Hoikusha, collection Color Books) et voici ce que je lis :

Le grand magasin Sennichi, installé dans le bâtiment de l'ancien théâtre Rakutenchi, attire les foules. Parmi les plus anciens habitants d'Osaka, nombreux sont ceux qui se souviennent de Jiyûken à ses débuts. Le restaurant est toujours aussi bondé. Les gens savent bien où trouver une cuisine bon marché et nourrissante.

Le Rakutenchi, un bâtiment à coupole édifié en 1914 et qui abritait un théâtre entre autres lieux de divertissement, devint en 1930 le théâtre Kabukiza Osaka avant d'accueillir le grand magasin Sennichi, qui subit un incendie, puis le Printemps Namba et aujourd'hui BicCamera. Les environs ont radicalement changé, mais *Jiyûken* et son immense rideau de devanture marron attirent toujours du monde. Jeunes et moins jeunes se pressent dans ce restaurant populaire accueillant.

Ma cuillère en main, je me demande, comme d'habitude, quoi faire de l'œuf.

Dois-je le crever séance tenante ?

Ou attendre d'avoir vidé la moitié de l'assiette ?

C'est qu'il faut penser à la sauce. Quand, où, et en quelle quantité la verser ? Tout cela affectant la saveur du plat, il faut ouvrir l'œil, et le bon. Pour ma part, je fais partie de ceux pour qui crever l'œuf en premier + manger la moitié du curry + verser la sauce en cours de route = c'est deux fois meilleur. Ce qui m'a valu une remarque de Yoshida Junko, la troisième fille du patron de la deuxième génération :

« Il faut vite manger, tant que c'est bien chaud. Si vous attendez, le goût va changer. Ne vous cassez pas la tête à mélanger proprement. »

Elle préfère quant à elle une méthode de dégustation éprouvée :

« On mélange l'œuf et le curry pour enrober les grains de riz, et après, on verse la sauce, par petites touches. Comment mangez-vous un bol de riz à l'œuf cru ? Vous mélangez d'abord l'œuf et le riz, avant de verser la sauce soja, n'est-ce pas ? L'œuf adoucit le curry épicé. La salade joue le même rôle. Si vous trouvez que ça pique encore trop, il y a du jus d'orange Bireley's. »

Junko elle-même, qui mange du curry d'ici une à deux fois par semaine depuis l'enfance, est une fan du goût de chez *Jiyûken*.

C'est une saveur que la famille a toujours protégée. Le fondateur tenait la recette d'une de ses connaissances, un capitaine au long cours. Il faisait venir de la poudre de curry d'Angleterre, qu'on mélangeait avec une purée de tomates maison pour assaisonner la viande et les légumes mijotés pendant deux jours avec des carcasses de poulet. La recette est restée inchangée depuis. La sauce curry était servie mélangée au riz pour faciliter la dégustation et garder le riz chaud. L'œuf, un produit de luxe à l'époque, avait pour mission de donner des forces à la clientèle. Deux idées du fondateur.

« Mon père, le deuxième patron, est décédé il y a une trentaine d'années à l'âge de soixante-sept ans ; il répétait toujours que notre patrimoine, c'est le personnel. Qu'il ne faut pas s'imaginer pouvoir tout faire par soi-même, c'est le personnel qui fait le restaurant. Alors moi aussi, je viens tous les matins à neuf heures et je travaille ici toute la journée. Chaque jour, nous faisons de notre mieux pour les clients, et de fil en aiguille, voilà cent ans que ça dure. »

De la bonne nourriture pas chère : à Minami, c'est l'évidence. Dans ce quartier où la concurrence est rude et où les enseignes changent sans cesse, la clé du succès jamais démenti de *Jiyûken*, c'est de travailler tous ensemble, en famille.

« On utilise de bons œufs, très frais. Notre fournisseur dit qu'il est fier de nous approvisionner. C'est gratifiant. »

Dans la salle trône un portrait d'Oda Sakunosuke. La photographie est encadrée de deux lignes manuscrites :

A sa mort, le tigre laisse sa peau derrière lui.

A sa mort, Oda Saku a laissé le riz au curry derrière lui.

Qui a calligraphié ces lignes ?

« Mon père. On me demande souvent si c'est de la main d'Oda Saku, mais non. C'est une idée de papa. »

Un vrai marchand d'Osaka, qui n'hésite pas à faire feu de tout bois – un homme à qui on n'en conte pas.

Osaka, ville de gourmets, était aussi une ville de dandys. Aujourd'hui, les cinq grands théâtres de la ville ont tous disparu, à commencer par le Kadoza et le Nakaza, mais autrefois Dôtonbori était connu pour ses salles de spectacle. Les jours de représentation, les dames profusément fardées et apprêtées mettaient de l'animation dans le quartier. Chez *Takoume*, fondé en 1844 à Dôtonbori, cette atmosphère a survécu. Ce restaurant d'*oden*, un pot-au-feu de pâtes de poisson, a toujours été fréquenté après le spectacle, tant par le public que par les gens du métier. C'est l'établissement d'origine du *Takoume* de Nihonbashi qui apparaît dans *Un couple parfait*.

L'*oden* ici s'appelle *kantodaki*. Un nom qui rappelle que ce plat s'assaisonne dans le Kantô, à l'est, avec de la sauce soja, tandis qu'à l'ouest, dans le Kansai, le bouillon est maître. On dit aussi que l'*oden* au bouillon s'est fait connaître dans l'Est lors du séisme de 1923 à Tokyo, quand des gens de l'Ouest sont allés en servir à leurs compatriotes dans la détresse. Quoi qu'il en soit, *Takoume* est le roi incontesté du *kantodaki* à la mode d'Osaka. J'ai franchi la porte de cet établissement pour la première fois il y a une vingtaine d'années et, à peine assise au vieux comptoir en forme de U, j'ai été saisie.

Devant la marmite bouillant à petit feu, de longues baguettes à la main, un homme à l'air grave arrangeait les ingrédients de l'*oden*. Les clients buvaient leur saké dans des gobelets en étain. Le doux dialecte d'Osaka se perdait dans les volutes de fumée. J'ai regardé autour de moi : dans un coin de la salle, un conteur de *rakugo* connu prenait un verre. Gazouillis et peau de baleine, konjac, tranche de tofu frit, taro, œuf, palet de tofu frit aux légumes… tout en dégustant les ingrédients brûlants, bien imprégnés du goût du bouillon, je me régalais du luxe de sentir sur mon palais ces saveurs anciennes de Naniwa qui sublimaient le saké.

Mais un beau jour, le restaurant a fermé. A chacun de mes passages à Dôtonbori, je jetais un coup d'œil anxieux à la devanture sombre de *Takoume*, me demandant ce que l'établissement allait devenir. Autrefois, l'écrivain Kaikô Takeshi avait écrit : « Quand on va là-bas, le restaurant y est toujours. Cette permanence est précieuse. » Enfin, en 2007, au bout de cinq ans, *Takoume* a rouvert ses portes. Okada Tetsuo, cinquième de la lignée, avait quitté son emploi de *salaryman* pour reprendre les rênes de l'affaire familiale, sans rien y changer.

Cela fait une éternité que je n'ai pas mis les pieds chez *Takoume*. L'atmosphère de Dôtonbori, aujourd'hui privé de ses salles de spectacle, a bien changé, mais lorsque je fais coulisser la porte, à l'intérieur tout est comme avant. Une bouffée de nostalgie me submerge. Le bulbe doré ornant un coin du comptoir a gagné en patine, son éclat plus profond. Un monsieur, ivre, s'accroche de toutes ses forces à cette décoration qui fait partie de la légende du quartier.

« Une bière, s'il vous plaît. Et du poulpe.

— Une bière et du poulpe. C'est un bon choix. »

Les yeux sur l'*oden* secoué de petits bouillons, je vide une première chope. Je mords dans ma brochette de poulpe luisant, cuit dans de la sauce soja et du sucre – une recette secrète de la maison –, et une saveur riche et onctueuse m'emplit la bouche. Ah, ce goût ! Revigorée, je commande de l'*oden*. Pour commencer, bien entendu, du gazouillis de baleine. C'est, avec le poulpe, l'autre plat phare de *Takoume*.

« C'est le fondateur, Umejirô, qui appelait "gazouillis" la langue de baleine, par plaisanterie », m'explique Tetsuo, son arrière-arrière-petit-fils. De nos jours, il devient de plus en plus difficile de s'en procurer. L'époque où des baleines venaient se fourvoyer dans la baie d'Osaka est révolue. La langue, en plus de coûter cher, demande de longs préparatifs. Pour la proposer au prix le plus bas possible, il s'occupe de tout lui-même ; malgré tout, le plat est affiché à 900 yens… Mais il suffit d'y goûter pour être conquis. La langue de baleine possède une saveur unique, forte, qui reste en bouche. On comprend que beaucoup de clients ne résistent pas à un deuxième plat, voire plus.

« Je n'oublierai jamais l'émotion ressentie en mangeant du gazouillis de baleine quand j'étais enfant, reprend Tetsuo. Le goût et l'odeur de notre *oden* sont inscrits en moi. Le poulpe aussi, nous le préparions à la maison, si bien que j'étais encore à l'école maternelle que je connaissais déjà la recette sur le bout des doigts. Chaque jour, je prépare les saveurs dont je suis imprégné, les goûts et les odeurs qui habitent ma mémoire. Je pense que c'était pareil pour mon père, et mon grand-père avant lui. »

Bouillon de bonite séchée. Bouillon spécial, préparé avec une copieuse portion de langue de baleine. Bouillon de deux jours. Intimement mêlés, ces divers bouillons forment la saveur de chez *Takoume*. Parce que, ici, les préparations ne sont pas prises à la légère. Une semaine pour la langue de baleine, deux jours pour débarrasser le daikon de son âcreté et le faire précuire. Deux jours encore à faire mijoter le konjac.

« Le plus difficile, c'est de maintenir les saveurs. C'est pour cela que je goûte le bouillon au moins une fois par heure. J'aime l'*oden* de chez nous. Il est bon, mais surtout, il convient à mon palais, alors je ne veux pas le changer. Du coup, je fais tout ce qu'il faut pour, j'y prends plaisir. C'est tout. »

Plus de cent soixante années de dur travail sur cinq générations, cinq patrons qui ont chacun fait de leur mieux pour continuer à préparer ce *kantodaki* qu'ils aimaient. Chez *Takoume*, le saké est du Kuromatsu Hakushika. Commandez-le chaud et il vous sera servi dans un pot et des gobelets en étain fabriqués sur mesure. Le pot à double paroi permet de garder le breuvage à température, et le gobelet de boire élégamment, sans dévoiler le fond de sa gorge.

Deux innovations qui remontent au début du siècle dernier.

« C'est la crise, mais plutôt que de baisser les prix, je réfléchis aux moyens de satisfaire la clientèle même si nos tarifs doublent. Mon idéal, c'est que les clients me remercient quand ils repartent. »

Cette volonté de toujours mieux faire est typique de Naniwa. A ce propos, la soupe sucrée de haricots rouges de la ruelle Hôzenji-yokochô qui apparaît dans *Un couple parfait* est servie exprès dans deux bols. Alors que Ryûkichi et Chôko, assis sur les tatamis, aspirent bruyamment leur soupe brûlante, Ryûkichi remarque fièrement : « Tu-tu-tu ne sais pas pourquoi ici, la soupe *zenzai* est servie dans d-d-deux bols, hein ? Le restaurant a été ouvert par un maître de théâtre *jôruri*, un certain je-ne-sais-qui-dayû, qui s'est dit que plutôt qu'un bol rempli à ras bord, il valait mieux en servir deux petits, ça donne l'impression d'en avoir plus. C'est bien pensé, non ? »

Chôko songe alors que cela signifie sans doute qu'il vaut mieux être en couple que seul.

La dernière scène du film, lorsqu'ils sortent après avoir mangé leur soupe *zenzai*, montre l'allée Hôzenji-yokochô sous des flocons de neige dansants. Awashima Chikage pose tendrement sa veste sur les épaules de Morishige Hisaya, le bon à rien dont elle est follement éprise, et côte à côte ils s'éloignent, contournant la statue couverte de mousse. Leur silhouette est celle du peuple d'Osaka, qui tire sa force de ses épreuves.

Oda Sakunosuke a décrit à la fois les saveurs de Minami et le quotidien plein de vigueur des habitants d'Osaka. Un bon repas, c'est l'essence de la vie. Quel que ce soit le problème, on se dit que ça ira, ça finira par s'arranger. Il n'y a pas de quoi se mettre martel en tête. Le goût de Minami, porteur du meilleur du Naniwa d'autrefois, est toujours bien vivant.

La sortie de métro donne sur le croisement des avenues Yasukuni-dôri et Hakusan-dôri. J'attends que le feu pour les piétons passe au vert, au coin de ce carrefour tokyoïte au trafic toujours intense, sous le grand ciel bleu de Jimbôchô. Aujourd'hui, je me dirige vers la rue Suzuran-dôri, pour aller voir un vieux film. Ensuite, j'irai m'installer chez *Sabôru* pour bouquiner. Et j'irai flâner chez les bouquinistes. Si j'ai un petit creux, je pourrai aller manger des raviolis japonais chez *Sweet Baozi*, avec une bière. Ou bien des nouilles froides chez *Yôsukosaikan*. Ou alors un curry chez *Kyôeidô* ou *Ethiopia*. Non, plutôt des croquettes de viande hachée panées bien juteuses chez *Luncheon*… Toutes ces idées me donnent faim.

Jimbôchô a de multiples visages. C'est le quartier des livres, des cinémas, des instruments de musique, des articles de sport, des étudiants. On y trouve des universités et des écoles supérieures, des maisons d'édition et, un peu partout, de bons restaurants pas chers. Les bouquinistes ont commencé à s'y implanter en 1913, après un grand incendie ; ce sont eux qui ont remis de l'animation dans le quartier. Pendant la guerre, considérant que la disparition de livres anciens serait une perte culturelle, les Américains l'ont exclu des zones de bombardement, une décision qu'on ne peut qu'approuver. Quand je vais de librairie en librairie, je me sens comme égarée dans l'immense labyrinthe de la connaissance, c'est stimulant.

Mais le spécialiste de littérature allemande Takahashi Yoshitaka, pour sa part, émettait quelques réserves :

Le Kanda d'autrefois s'est complètement fait phagocyter par l'arrondissement actuel de Chiyoda. Mais peut-être subsiste-t-il quelques zones qui lui échappent. Les gens nés à Kanda, comme moi, n'aiment pas ce nom traînant, « Chiyoda ». Quel dommage d'avoir rebaptisé les arrondissements de Tokyo ! Etait-ce bien nécessaire ? Les noms de lieux et de personnes, ce n'est pas une chose qu'on modifie à la légère. (*La Carte des saveurs de Tokyo*, sous la direction d'Okuno Shintarô, éditions Kawade Shobô Shinsha, 1958.)

Tout à fait. Dans les environs de Kanda, il y a beaucoup de quartiers qu'on a envie d'appeler par leur nom de toujours. A commencer par « Jimbôchô » qui, avec son rythme enlevé, vous donne des ailes.

Contempler un paysage qu'on aime dans un quartier qu'on aime, c'est apaisant, n'est-ce pas ? L'un de mes spectacles préférés est, tout près du carrefour de Jimbôchô, la vue depuis la baie vitrée à l'étage de la brasserie *Luncheon*. Le nom de cet établissement fondé en 1909 signifie « Déjeuner ». Au début, quand il n'y avait pas encore de concurrence dans le quartier, on l'appelait simplement « le restaurant à l'occidentale », mais les étudiants qui venaient y manger, trouvant cela peu commode, le baptisèrent ainsi de leur propre chef. C'est l'une des plus anciennes maisons de Kanda-Jimbôchô, une valeur sûre aujourd'hui plus que centenaire. La vue sur le quartier des bouquinistes est épatante. Et la bière qu'on y sirote par un bel après-midi, assis à une table près de la fenêtre, en regardant les passants, est absolument délicieuse.

Pour accompagner votre verre de bière à la pression, prenez une croquette de viande hachée *menchi-katsu* ou du jambon maison. Ici, tout est bon. Le sandwich à la côte de porc panée, l'omelette fourrée au riz, le bœuf en daube *hayashi*, le gratin de macaronis aux crevettes, le ragoût de langue, tout. Il y a même du saké, il fallait l'oser dans un établissement consacré à la bière ! Plus qu'une brasserie, c'est un restaurant à l'occidentale comme on en trouvait autrefois. Et quand on examine attentivement le menu, on découvre, entre deux lignes, un mets inattendu : le chausson au bœuf. Ce plat rare – une daube de bœuf servie dans une croûte de pâte – est arrivé sur la carte en 1965, par le biais d'un écrivain.

L'homme de lettres faisait son apparition tous les mercredis à l'ouverture, à onze heures trente précises. Dans une redingote à la coupe parfaite, coiffé d'un chapeau, ce gentleman poussait la porte de l'établissement, ôtait son manteau et se lavait soigneusement les mains avant de s'installer à sa place préférée.

Cet écrivain, c'était Yoshida Kenichi. Le mercredi était le jour où il assurait un cours à l'université Chûô toute proche ; avant, il passait sans faute quelques heures chez *Luncheon*. Rendez-vous avec ses éditeurs, discussions sur ses manuscrits, paiement de ses émoluments… les visiteurs ne cessaient d'aller et venir ; c'était là qu'il tenait salon, en lieu et place de son domicile d'Ushigome. Et il buvait sans retenue. Après trois ou quatre bières, il passait au thé Lipton arrosé d'une large rasade de whisky, dont il avalait plusieurs tasses. Jusqu'à quinze heures, il bavardait et buvait sans discontinuer. A l'heure d'aller donner son cours, il sortait du restaurant complètement ivre.

« Il ne cessait de discuter avec animation, et de boire sans manger, se rappelle Suzuki Ichirô, le petit-fils du fondateur et actuel patron. Il parlait sans relâche et n'avalait rien, il ne vidait jamais son assiette. Il nous a demandé de lui préparer quelque chose de facile à manger en discutant, et comme il aimait la daube de bœuf, nous avons eu l'idée du chausson au bœuf. »

Ce chausson d'une dizaine de centimètres de long se mange avec les doigts. Quand on croque dedans, il en jaillit de beaux morceaux de bœuf bien tendres et des légumes, un vrai régal. Mais la demande de Yoshida Kenichi n'était pas un simple caprice d'homme de lettres.

En 1975, à cause d'un incendie, *Luncheon* dut fermer ses portes durant deux mois. Pendant les travaux de rénovation, l'écrivain continua à venir tous les mercredis, à onze heures trente tapantes, pour s'enquérir de l'avancement des travaux avant de repartir, satisfait.

« Mon père et lui s'entendaient bien. Ils venaient de deux mondes totalement différents, mais mon père le traitait exactement comme les autres clients, sans lui accorder de faveurs. Leur relation était amicale. »

Une amitié qui a duré une vingtaine d'années environ, de 1955 à sa mort. A chacune de mes visites, je me fais la réflexion que chez *Luncheon*, on sent une humanité. C'est pour cela que quand j'ai à faire à Jimbôchô, mes pas me portent ici, et l'envie me vient de déguster une croquette panée avec une bière.

Les gens de Kanda sont honnêtes et ils ne mâchent pas leurs mots ; cette franchise est leur fierté, leur marque de fabrique. Une agréable force de caractère émane d'eux. Elle est particulièrement palpable lors du Kanda-matsuri, l'une des trois grandes fêtes d'Edo. Le matin de cet événement qui mobilise tout le quartier, lorsque la parade quitte le sanctuaire Kanda-myôjin, les cris des *tobi* – ces ouvriers du bâtiment spécialistes du travail en hauteur qui guident le défilé – vous résonnent dans le ventre, tandis que les chants des habitants retentissent à vos oreilles. Les gens de Kanda peuvent être un peu extravagants, mais cela fait partie de leur charme. Cette atmosphère franche qu'on sent quand on se promène dans le quartier est sans doute ce qui le rend agréable.

A ce propos, le professeur Takahashi Yoshitaka, déjà cité, écrivait également :

Pour moi, Kanda peut être divisé en deux zones, l'une autour de Jimbôchô et l'autre autour du carrefour de Sudachô.

A dix petites minutes à pied de Jimbôchô, entre Awajichô et Sudachô, on est dans le Kanda qui a su préserver les saveurs d'Edo et de l'ère Meiji. Ici, c'est le paradis des gourmets au juste prix.

Sasamaki Kenuki Sushi (fondé en 1702) et le restaurant de pot-au-feu de lotte *Isegen* (1830) existent depuis l'époque d'Edo. Pour les saveurs de Meiji, tournez-vous vers les restaurants de *soba Matsuya* (1884) ou *Kanda Yabusoba* (1880), le spécialiste du *sukiyaki* de poulet *Botan* (1897), le restaurant de sushis *Shinoda Sushi* (1902), celui de cuisine occidentale *Shôeitei* (1907)... Aligner ces noms suffit à me mettre l'eau à la bouche. Si ce quartier a été miraculeusement épargné par les bombardements, c'est à cause de la proximité de la cathédrale orthodoxe de la Sainte-Résurrection, dit-on, mais sans aucune certitude.

Les restaurants de Kanda ne font pas de chichis. Les saveurs sont plutôt prononcées. Cette simplicité de manières, comparée aux établissements des beaux quartiers, est rafraîchissante. Autrefois, il y avait ici une halle aux primeurs et tout un alignement de grossistes en tissus, vêtements, accessoires et appareils électriques où venaient s'approvisionner les commerçants, d'où l'existence de plusieurs auberges plus ou moins grandes. Bref, c'était un quartier populaire, où l'on ne pouvait pas se permettre de proposer des repas chers.

« Les gargotes étaient nombreuses, et comme on venait exprès pour y manger, la rue était appelée "l'allée exprès" », me confie Kodaka Toshi, né en 1932. C'est le troisième patron du restaurant *Matsuya*. Mémoire vivante des lieux, il se souvient de Kanda autour des années 1950.

« Kanda, c'est un des hauts lieux de la culture d'Edo. Les hommes, par ici, pratiquaient tous un art comme les chœurs *yôkyoku* du nô, la ballade *ko'uta*, le chant *naga'uta* ou la musique *katô-bushi*. Il y avait aussi plein de salles de cinéma, à la différence des beaux quartiers. »

Le bouillon des nouilles de sarrasin pique un peu, chez *Matsuya* comme chez *Kanda Yabusoba*. Quand on y plonge les *soba*, elles s'imprègnent bien des saveurs. Nouilles froides ou chaudes, toutes ont le bon goût de la cuisine populaire, roborative.

C'est en 1963 que le patron a opté pour leur confection manuelle, jusqu'alors confiée à une machine, et depuis, ni la saveur des *soba* ni celle du bouillon n'ont changé. Aujourd'hui, un bouillon plus sucré est davantage apprécié, mais fi des tendances ! Kanda tient à son goût. Kodaka Takayuki, né en 1965, est le quatrième patron de la maison et l'héritier de ces saveurs :

« Dans un plat de *soba*, les nouilles et le bouillon ont chacun leur goût. L'équilibre entre les deux est important. Du coup, si on modifie l'un, il faut aussi faire évoluer l'autre. »

Non qu'il soit têtu ; mais ce n'est pas en bradant l'essentiel qu'on progresse. Donc, pas question de transiger. Parce qu'ils sentent cette détermination, les clients font un saut ici dans la journée ou viennent se délasser le soir après le travail. L'écrivain Ikenami Shôtarô était l'un d'eux. On le voyait souvent se promener à Kanda, à la recherche des saveurs qu'il appréciait. Chez *Matsuya*, il buvait un verre de saké avec du poulet mi-cuit au wasabi et de l'oursin enrobé d'une feuille d'algue, avant de commander des *soba*.

« M. Ikenami venait toujours quand c'était calme. C'était vraiment un client fidèle. Il était très attentif aux autres, et sans lui, le restaurant ne serait pas ce qu'il est aujourd'hui. »

Ensuite, il gagnait le salon de thé *Takemura* voisin.

Quand on entre chez Takemura, dans le quartier de Kanda-Sudachô, on se trouve projeté chez un marchand de friandises du Tokyo d'autrefois où tout est apaisant, les saveurs comme le service. (*Saveurs d'autrefois*, Shinchô Bunko.)

Plus jeune, il hésitait à entrer dans les salons de thé à la clientèle plutôt féminine, mais à l'approche de la soixantaine, peu lui importait qu'il y ait des femmes ou des enfants, a-t-il écrit par ailleurs, dans une sorte de justification attendrissante.

Takemura a été fondé en 1930. Coupe *mitsumame* de gelée d'agar-agar, fruits, haricots rouges sucrés et miel, coupe d'*anmitsu* (du *mitsumame* avec de la purée de haricots rouges en sus), boulettes de farine de riz gluant : toutes ces saveurs simples rappellent l'ère Shôwa. Les sucreries phares de l'enseigne sont les petits gâteaux fourrés à la purée de haricots rouges et frits à l'huile de sésame, ainsi que, en automne et hiver, la soupe sucrée de haricots rouges aux châtaignes. Parfois, des hommes viennent entre eux, un spectacle pas si rare que ça chez *Takemura*. On voit aussi souvent des employés acheter des petits gâteaux à emporter, sans doute un cadeau pour un client.

Même dans un quartier où règne le goût d'autrefois, préserver ces saveurs contre vents et marées, sans céder aux sirènes de la modernité, n'est sans doute pas une mince affaire. Devant le bâtiment, une rare maison traditionnelle à trois niveaux toute en bois, aujourd'hui classée monument historique par la municipalité de Tokyo, on imagine aisément les difficultés rencontrées. Sa silhouette majestueuse, dépourvue de toute fioriture, n'a pas changé depuis l'avant-guerre. La facilité avec laquelle la porte coulisse quand on l'ouvre révèle l'attention apportée à son entretien. A l'intérieur, des tables et des chaises toutes simples et un sol pavé de petits cailloux. Hotta Kikuo, le fils du fondateur, préserve fidèlement l'héritage de son père :

« Je n'ai pas le sentiment de faire quoi que ce soit d'exceptionnel. Quand le sucre était rationné, au sortir de la guerre, mon père a rencontré des problèmes, mais il a continué d'offrir les mêmes saveurs. Depuis que j'ai repris la maison, c'est moi qui, chaque jour, goûte la purée de haricots fraîche. Je veux continuer sans rien changer. »

Le goût de chez *Takemura*, c'est celui du chemin parcouru par les Japonais depuis les années 1950. On ne peut qu'admirer également le soin apporté à la préservation du bâtiment d'avant-guerre. Quand je le souligne, M. Hotta répond sans sourciller : « Cela aussi, ça fait partie de notre travail. »

Accomplir la tâche qui vous est échue, sans vous en vanter. Cet esprit habite les sucreries de Kanda.

J'entrevois une correspondance entre le goût de Naniwa et celui de Kanda. Deux endroits au caractère très différent, mais où des saveurs centenaires, voire deux fois centenaires, sont perpétuées fidèlement, de génération en génération. Des goûts à ne surtout pas laisser échapper, car, dans l'instant, ils vous fileraient entre les doigts comme du sable, pour disparaître à jamais.

ÇA ALORS!
QU'EST-CE QUE ÇA A CHANGÉ!
C'EST VRAI... ON EST VRAIMENT AU RAKUTENCHI DE SENNICHI-MAE?
QUE DE SOUVENIRS...
REGARDE, C'EST *JIYÛKEN.*
自由軒
BON...
QU'EST-CE QUE TU PRENDS?
UN RIZ AU CURRY, BIEN ENTENDU.
名物カレー
ILS APPEL-LENT ÇA LE CÉLÈBRE CURRY.
LE PLAT PRÉFÉRÉ D'ODA SAKUNOSUKE, QU'ILS SONT DRÔLES!

HUM
C'EST BIEN ÇA.
LE CURRY D'ICI,
IL EST BIEN MÉLANGÉ AVEC LE RIZ.
MIAM
C'EST BON!
LE GOÛT N'A PAS CHANGÉ DU TOUT.
HUM, DÉLICIEUX !
D'AILLEURS, LA PREMIÈRE FOIS QUE J'EN AI MANGÉ, C'ÉTAIT AVEC TOI.
QU'EST-CE QUE C'ÉTAIT BON!
RYÛKICHI,
IL Y A AUSSI DE LA CRÈME RENVERSÉE AU CARAMEL.

JE N'EN REVIENS PAS.
C'EST SÉRIEUX, ÇA?
REGARDE, LÀ-BAS!
C'EST *TAKOUME*, NON?
AH!
ON EN A MANGÉ SOUVENT, DU *KAN-TODAKI.*
OH!
ÇA SENT BON.
GAZOUILLIS DE BALEINE,
PÂTE DE POISSON FOURRÉE À LA BARDANE, KONJAC, *CHIKUWA* ET ŒUF.

TRANCHE DE TOFU FRIT, *KAMABOKO*
TARO ET POULPE
PFF
PFF
PFF
TIENS, ÇA...
C'EST LA MÊME CHOSE QUE CE QU'IL PRÉPARE.
ALORS, LE GAZOUILLIS DE BALEINE, ÇA VOUS PLAÎT ?
SLURP
HUM
DÉLI-CIEUX !
GLOU
ÇA NON PLUS, ÇA N'A PAS CHANGÉ.
LE SAKÉ NE REFROIDIT PAS.
HÉ HÉ
C'EST INCROYA-BLE !

TU PRIES POUR QUOI ?
ÇA,
C'EST UN SECRET.
DIS,
ON VA PRENDRE UN DES-SERT ?
LÀ-BAS,
ÇA TE DIT ?
AH,
BONNE IDÉE, UN BOL DE *ZENZAI.*
AH,
VOILÀ !
ALORS ÇA,
TU SAIS POUR-QUOI
ON EST SERVI DANS DEUX BOLS SÉPARÉS ?

OUI,
JE SAIS.
MIAM
AH BON?
LE SALON DE THÉ A ÉTÉ FONDÉ PAR UN MAÎTRE DE THÉÂTRE *JÔRURI*, UN CERTAIN JE-NE-SAIS-QUI-DAYÛ.
SLURP
IL S'EST DIT QUE PLUTÔT QU'UN BOL REMPLI À RAS BORD,
IL VALAIT MIEUX
DEUX PETITS BOLS POUR DONNER L'IMPRESSION D'EN AVOIR PLUS.
C'ÉTAIT BIEN PENSÉ, NON?
SLURP
COMMENT TU SAIS ÇA?
QUE TU ES BÊTE! C'EST TOI QUI ME L'AS APPRIS.
ÇA VEUT DIRE QU'ON EST MIEUX EN COUPLE QUE SEUL, NON?
COMME C'EST BON !
UN VRAI DÉLICE !

Se fondre dans le paysage

J'apprécie de prendre un verre dans un *izakaya*, un bistrot à la japonaise, mais j'aime bien aussi en voler quelques images de l'extérieur.

Apercevoir la salle à travers la fenêtre à treillis, ou par l'embrasure de la porte quand des clients en sortent, entre chien et loup, à l'heure où la nuit fait tomber son voile et où une douce lumière orangée éclaire l'intérieur, pareille à une pluie bienveillante. Cette vision suffit à m'emplir d'aise, mais je suis terriblement attirée par la multitude de silhouettes tremblotantes illuminées, par le brouhaha. Ce n'est qu'une image entraperçue, sans doute d'autant plus forte qu'elle est fugace, mais dont émane une douceur de vivre qui m'émeut. Pour finir, je m'en vais sur la pointe des pieds, emportant avec moi ce petit bonheur que je vais parfois déguster en buvant un verre ailleurs.

Qu'il s'agisse d'un *izakaya*, d'un restaurant à l'occidentale ou d'un restaurant d'anguille, pousser la porte d'un établissement dans un quartier animé, c'est entrer dans un paysage heureux. C'est prendre part à une scène agréable, s'y fondre. Quel plaisir, dès l'instant où l'on entre en phase avec le lieu !

Mais des scènes agréables, il en existe de toutes sortes, et c'est ce qui en fait tout le piquant. Je fréquente régulièrement un petit restaurant chinois niché dans une ruelle, dont la patronne est plutôt bourrue. Voilà plusieurs dizaines d'années que j'y vais, mais jamais une relation plus amicale ne s'est instaurée entre nous, la distance reste la même.

« Bonjour ! » lance-t-elle sans l'ombre d'un sourire. Mais elle articule bien le mot, sans manger les syllabes. Je réponds de même : « Bonjour ! »

Et c'est tout. Comme, en général, je prends le menu du jour ou des nouilles, la conversation est réduite à son strict minimum. Quand je repars, je la remercie d'un mot, et elle me répond de même.

C'est toujours pareil. Mais j'aime bien ça. Parce qu'elle ne s'occupe pas particulièrement de moi, je me sens à l'aise et je continue à y aller. La patronne est renfrognée, mais pas désagréable. Elle a ses priorités, à savoir non pas l'atmosphère d'un petit restaurant familial, mais une cuisine aux saveurs franches, et bon marché en prime. Comme tout cela coule de source, de quoi se plaindre ? Pour preuve, il y a du monde midi et soir. Je pousse la porte arrondie, m'installe à une table en formica rouge et jette un bref coup d'œil à mon voisin, concentré sur son bol de *dàndàn miàn*, des nouilles épicées sur lesquelles il souffle avec application ; décidément, j'aime cet endroit.

Devenir partie intégrante d'un de ces petits bonheurs n'arrive pas seulement à l'intérieur d'un restaurant. Imaginons que vous soyez entré quelque part pour y acheter un plat à emporter. Ce qui est intéressant, c'est que l'atmosphère du lieu imprègne les saveurs, vous en profitez sans y être. C'est le cas, par exemple, quand j'achète un sandwich à la croquette toute chaude chez *Chôshiya*, la boucherie d'une petite rue de Higashi-Ginza.

« Un sandwich croquette à la purée, s'il vous plaît. »

A peine ai-je passé commande que le même jeune homme que d'habitude, ceint de son tablier blanc, s'empresse de jeter une croquette dans l'huile, comme s'il n'avait attendu que cela pour la faire dorer, bien croustillante. Il la surveille, prêt à la repêcher au bon moment avec son écumoire, pour l'égoutter et la passer à la dame qui attend à ses côtés. D'un geste habile, celle-ci la dépose sur le pain, l'arrose de sauce, la recouvre d'une deuxième tranche de pain et coupe le tout en deux d'un coup de couteau qui résonne agréablement aux oreilles, comme à chaque fois. Lorsqu'elle me le remet, le paquet rectangulaire de papier bleu retenu par un élastique est brûlant.

Comme prévu, je me précipite vers le petit parc du quartier pour mordre dans mon sandwich, assise sur un banc ; à cet instant, ce qui amplifie mon euphorie, c'est le moindre détail du spectacle auquel je viens d'assister. Devant la croquette qui brunit de seconde en seconde en lâchant des bulles dorées, je suis comme une enfant. Cette croquette qui flotte dans l'huile, je la contemple avec exactement les mêmes yeux qu'il y a une quarantaine d'années, quand on m'envoyait faire les courses chez le boucher avec un panier et un porte-monnaie.

Il m'arrive aussi, en plein Ginza, dans un biergarten sur le toit d'un immeuble, de me croire victime d'une illusion. Lorsque je lève les yeux vers le ciel au cœur d'une nuit d'été, une chope de bière à la main, je me demande parfois si c'est bien le même ciel qu'en bas. Cela ne tient pas à la centaine de mètres qui séparent le sol du haut de l'immeuble. Le ciel tel qu'on l'aperçoit lorsqu'on traverse dans la foule le carrefour de Ginza 4-chôme est la toile de fond somptueuse du théâtre qu'est Ginza, mais il n'a rien de commun avec la voûte céleste qui surplombe le biergarten. Là, au-dessus de nos têtes, il coule comme un fleuve majestueux, vertigineux, généreux, incroyablement riche. Jamais je n'aurais imaginé un tel ciel à Ginza avant de venir ici. Pourtant, ce biergarten est minuscule.

De telles surprises sont loin d'être rares lorsqu'on sillonne la ville, à manger et boire ici et là. Mais la précipitation vous fait passer à côté de ces petits bonheurs ; il faut souhaiter faire partie de ce bienheureux paysage, espérer s'y fondre, il faut se laisser porter et savourer. Et alors, comme les saveurs sont bien aimables, vous vous trouvez soudain emporté, invité sans fanfare dans ce flux. Le goût, c'est subjectif, mais quand vous vous efforcez de ne faire qu'un avec ce qui vous entoure, il vous relie au pouls de la ville, au cœur de la société. C'est vrai aussi pour un sandwich à la croquette à 250 yens, bien entendu.

Un sandwich à Ginza rassemble les douze premiers épisodes d'une série publiée dans la revue *All Yomimono* sous le titre « Saveurs d'aujourd'hui ». Les mots ne suffisent pas à exprimer ma gratitude à Taniguchi Jirô, qui a accepté d'illustrer cet ouvrage. Chaque trait et chaque blanc de ses dessins lui insufflent une puissance indicible. Merci à Yamada Norikazu de la rédaction de *All Yomimono* – qui apparaît ici et là sous les traits du « jeune Y. » – et à son coup de fourchette. Que soient également remerciés tous ceux qui m'ont soutenue : Ishizuka Chizu, Fukano Miki et Enomoto Asami du service photo, ainsi que Hayashi Satoru et l'équipe du deuxième bureau éditorial pour l'édition de poche.

Les températures baissent de jour en jour ; c'est bientôt la saison du *nabe*. Il me tarde de retrouver les volutes de vapeur d'eau de chez *Takoume* et *Yotaro*. Les saveurs s'accompagnent toujours de beaux paysages.

Postface

J'étais dans un *izakaya* du quartier de Honjo-Azumabashi lorsque j'ai appris la nouvelle. Mon regard s'est posé sur la télévision installée dans un coin de la salle, où s'étalaient les images d'un incendie prises d'hélicoptère. Les yeux rivés sur l'écran, la stupeur m'a envahie quand les détails sont apparus. Le bâtiment en proie aux flammes était celui de *Kanda Yabusoba*. Impossible ! Incapable de détourner le regard du brasier qui engloutissait le restaurant, j'ai senti mon cœur se serrer au rappel de son élégance. Ce bâtiment historique édifié il y a cent trente ans, qui avait survécu, intact, aussi bien aux bombardements de Tokyo qu'aux opérations immobilières de la bulle économique, s'apprêtait à disparaître sous mes yeux. Alors que, dans ce coin miraculeusement préservé du quartier de Kanda-Sudachô, il était lui-même un héritage d'une rareté exceptionnelle. Tête basse, j'ai vidé ma coupe de saké, impuissante.

On a beau croire un quartier immortel, l'anéantissement surgit soudain au détour d'une rue. C'est dans l'ordre des choses, tente-t-on de se convaincre, mais on est ébranlé, démuni. Et s'il s'agit en prime d'un restaurant dont on est un client fidèle, c'est comme si on perdait une partie de soi-même. Les rencontres, les moments et les saveurs partagées resteront inchangés, mais c'est fini, plus rien ne viendra s'y ajouter. Quelle tristesse d'avoir à pleurer des souvenirs éparpillés sous nos yeux ! Chacun d'entre nous a vécu cette expérience.

Ce printemps a été marqué, pour moi, par plusieurs disparitions. L'une d'entre elles est la fermeture d'un petit bar qui existait depuis plus de soixante ans, voulue par la famille de la patronne octogénaire, inquiète pour elle, et sûrement par cette dame elle-même, pour qui le temps de s'arrêter était apparemment venu. Les trois mois qui ont suivi l'annonce de la fermeture ont été fous. Imaginez donc, un établissement fort de plus de soixante ans d'histoire a nécessairement un nombre impressionnant d'habitués. D'anciens clients étaient de retour, de nouveaux venaient, attirés par la rumeur de la disparition prochaine de ce bar légendaire, d'autres encore amenaient chaque jour des amis, soucieux d'inscrire dans le plus grand nombre possible de mémoires un si beau lieu. Ce bar d'habitude calme, où le grand comptoir en bois accueillait quelques clients assis à un ou deux tabourets d'intervalle, était désormais bondé du matin au soir. La foule rappelait celle qui envahit la salle d'un cinéma d'art et d'essai pour son ultime séance. Certains auraient sans doute préféré faire leurs adieux dans le calme, mais l'agitation était un chant d'adieu qui enveloppait toute l'assistance, tandis que seule la patronne, imperturbable, continuait à servir la clientèle avec sérénité. Quand j'y repense, ces journées de fête étaient un vrai bonheur. Parce que cette cérémonie d'adieu sur trois mois nous a permis de faire notre deuil, lentement.

J'avais déjà écrit « Adieu *Jurakudai*, restaurant populaire de l'ère Shôwa » dans cet esprit, suscité par la fermeture d'un établissement apprécié. Nous avons tendance à croire ces lieux immortels. Pourtant, nul ne sait quelles vicissitudes attendent les restaurants, même ceux où nous avons nos habitudes. Prenez l'un des plus anciens biergarten, le *Bakuyôtei* des grands magasins Matsuzakaya, présenté dans le chapitre « A chaque jour sa bière » : il a fermé l'été dernier pour cause de reconstruction de l'immeuble. Je m'y rendais tous les ans ; l'idée que cette année, je ne pourrai pas aller boire une bonne bière bien fraîche sur ce toit-terrasse me remplit de nostalgie. C'est pour cela que je souhaite chérir l'existence de chaque restaurant que j'aime. Quant à *Jurakudai*, qui devait rouvrir après les travaux, il n'est nulle part dans le nouvel immeuble.

Mais toutes les séparations ne sont pas tristes. Dans *Un sandwich à Ginza*, j'ai présenté sept établissements où les sandwichs sont délicieux. L'un d'entre eux, le *Hamanoya Parlor*, a fermé ses portes pendant deux mois, à la fin décembre 2011. J'avais entendu dire qu'il rouvrirait après rénovation, sous les auspices d'un nouveau propriétaire, et je me demandais si le fameux sandwich aux œufs allait disparaître, tout comme le sandwich aux fruits, et le toast indien ? J'étais bouleversée, et déprimée. Mais quand j'y suis timidement retournée au bout d'un moment, quelle surprise ! Rien n'avait changé, ni les sandwichs pleins d'authenticité, ni le menu qui vous ramène aux années 1960, ni les banquettes et les tables couleur brique où l'on peut prendre son temps. N'en croyant pas mes yeux, je me suis renseignée : le nouveau propriétaire, un fan de *Hamanoya Parlor*, s'est efforcé de conserver les saveurs et l'atmosphère du lieu. Le monsieur d'un certain âge qui préparait les sandwichs en silence, en chemise blanche et cravate, et les serveuses d'autrefois ne sont plus là ; des jeunes gens pleins d'énergie se tiennent désormais derrière le comptoir, où ils restituent fidèlement le goût de *Hamanoya Parlor*. Le sandwich aux œufs d'ici est fourré à l'omelette épaisse, moelleuse et bien chaude. Pour renouer avec ce goût doux et lumineux apprécié de tous, je ne manque pas d'y faire un saut à chacun de mes passages à Yûrakuchô.

Certaines saveurs vivent un siècle, et même deux. Dans le même temps, d'autres qu'on pensait devoir durer aussi longtemps disparaissent en cours de route. Et d'autres encore, portées par une volonté de fer, renaissent de leurs cendres. Un article lu par hasard dans le journal, le surlendemain de l'incendie de *Kanda Yabusoba*, m'a fait monter les larmes aux yeux. Le patron, quatrième de la lignée, y faisait ce commentaire : « Ce n'est pas la tradition qui fait le goût, mais la technique. Nous offrirons les mêmes saveurs après la reconstruction. »

Cette force de caractère, cette volonté sont l'essence des saveurs du Japon, leur fondement ; quel encouragement ! Dans l'omelette fourrée au riz comme dans les sandwichs, dans le pot-au-feu de fugu d'Osaka comme dans celui d'ours des montagnes de Shiga, les goûts qui nous attirent sont tous élaborés autour d'une constante qui entre en résonance avec notre palais. C'est cela qu'il nous faut savourer. Et préserver.

Table

A la recherche du printemps 7
Keichitsu : regain (autour du 5 mars) 8
Shunbun :
équinoxe de printemps (autour du 21 mars) 14
Seimei : floraison (autour du 5 avril) 20
A chaque jour sa bière 25
Un jour à Shinbashi
(*bôshu* : moisson – autour du 5 juin, 24,5 °C) 25
Un jour à Jimbôchô (forte chaleur, 26 °C) 26
Un jour à Roppongi
(bourrasques printanières, 25 °C) 29
Un jour à Ginza (hortensias en fleur, 24,5 °C) 32
Un jour à Naka-meguro
(prémices de la saison des pluies, 24 °C) 34
Un jour à Roppongi
(l'herbe à poivre prolifère, 26,5 °C) 36
Un jour à Shinbashi
(pleine floraison des gardénias, 24,5 °C) 37
Au cœur de l'été, à moi l'anguille ! 43
A Ikebukuro, voyage
dans le Nord-Est de la Chine 59

Bon appétit ! Restaurants d'entreprise 79
Juin – journée pluvieuse 79
Juillet – chaleur terrible 82
Juillet – grosse chaleur 84
Juillet – chaleur accablante 88
Juillet – chaleur de plomb 92
Juillet – journée d'une chaleur écrasante 94
Août – journée de grande chaleur 97
Inoubliables omelettes fourrées au riz 101
Repas décontracté
dans une salle à la japonaise 119
Un sandwich à Ginza 137
Pour l'amour de l'hiver, un *nabe* solitaire 155
Allons manger de l'ours 175
Adieu *Jurakudai*,
restaurant populaire de l'ère Shôwa 195
Un siècle, et même deux 213
Se fondre dans le paysage 239
Postface 243